稳赢

WINNING

冯唐 著

ⓒ中南博集天卷文化传媒有限公司。本书版权受法律保护。未经权利人许可，任何人不得以任何方式使用本书包括正文、插图、封面、版式等任何部分内容，违者将受到法律制裁。

图书在版编目（CIP）数据

稳赢 / 冯唐著 . —— 长沙：湖南文艺出版社，2024.6
ISBN 978-7-5726-1866-6

Ⅰ . ①稳… Ⅱ . ①冯… Ⅲ . ①随笔 – 作品集 – 中国 – 当代 Ⅳ . ① I267.1

中国国家版本馆 CIP 数据核字（2024）第 105411 号

上架建议：畅销·励志

WEN YING
稳赢

著　　者：冯　唐
出 版 人：陈新文
责任编辑：张子霏
监　　制：张微微
策划编辑：阿　梨
特约编辑：张　雪
营销编辑：罗　洋　　宋静雯　　王　睿
书籍设计：苏艾设计
出　　版：湖南文艺出版社
　　　　　（长沙市雨花区东二环一段 508 号 邮编：410014）
网　　址：www.hnwy.net
印　　刷：北京嘉业印刷厂
经　　销：新华书店
开　　本：875 mm×1230 mm 1/32
字　　数：175 千字
印　　张：9
版　　次：2024 年 6 月第 1 版
印　　次：2024 年 6 月第 1 次印刷
书　　号：ISBN 978-7-5726-1866-6
定　　价：68.00 元

若有质量问题，请致电质量监督电话：010-59096394
团购电话：010-59320018

自序
如是我闻

我 5 月 13 日出生，金牛座，所以贪财、好色。我妈是纯蒙古族人，自称孝庄皇后的后人，所以彪悍、好胜。我在长大的过程中，除了读书之外，没什么更好的方式对抗无聊，书读多了，会把天生的东西藏在骨头附近。所以长大以后，我皮相温良恭俭让，骨子里贪财、好色、彪悍、好胜。

我妈八十岁大寿的时候，吃完寿宴，我送她回住处，和她坐坐。她喝得有点多了，我喝得也有点多了，她喝多了就爱挤对我，我喝多了就爱挤对她。我先开口为强："您天赋异禀，一辈子酷爱吹牛，一辈子好胜，但是一辈子也没打什么大胜仗。这是为什么呢？"

我妈说："我生了你，我就稳赢了。"

"您不要逃避问题。我一直觉得您天赋极好。为什么没完全发挥出来呢？"我追问。

我妈说："因为我妈，也就是你姥姥，没钱供我读书。而我，哪怕从嘴里抠，哪怕饿肚子，也让你随便买书看。"

"这个我同意，我没法撑您，我爱您。但是，这是外界的原因，您自己就没有任何问题吗？"我追问。

我妈说："你提醒我了，我也不是一点缺点都没有，我太爱吹牛了。过去又没钱，又没酒，又没电视，你爸又年老色衰了，我如果不吹吹牛，那日子也太无聊了吧？我一吹牛，比我强的人就不爱听了。我也不喜欢他们在我旁边听，一个个皮笑肉不笑的，似乎懂得比我还多好多似的。时间长了，我身边的人都又乐滋滋地听我的，我开开心心就活到八十岁啦。稳赢。"

《稳赢》是我"五十知天命"前后几年所写杂文的结集，出版人让我写个自序，我想起了我和我妈在她八十大寿时候的上述对话。以此为基础，我罗列一下我为什么喜欢稳赢，如何稳赢。

第一，我喜欢赢。你可能会问："你为什么喜欢赢？"那我就反问："我不喜欢赢，难道我应该喜欢输吗？"

第二，我不喜欢赌，我喜欢稳赢。我不喜欢输得连裤子都没了。我裤子都没了，出门还得管别人借条裤子，我不喜欢给别人添麻烦。

第三，赢的定义可以很实在，很小，也可以很缥缈，很大。赢可以是忍住一口痰没吐到街上，坚持睡前背《诗经》。赢可以是文字打败时间，一首诗在城市街头和人们心头流转。

第四，我喜欢公平。如果不能公平竞争，即使赢了，也不是赢，因为我知道这样赢来的最终都会输回去。

第五，我不喜欢暂时。拈花微笑可以在一瞬间，赢不可以。赢一生比赢一时，爽很多。

第六，我喜欢名实相符。如果我没做到，你非要给我这些荣誉，我不接受，我总担心，你有阴谋，你在骗我。

第七，我喜欢德才配位。人有三个基本错误是不能犯的，一是德薄而位尊，二是智少而谋多，三是力弱而任重。如果德才不够，那就追求这个德才量级该追求的赢，也能稳赢。为什么一定要娶校花？班花也很美啊！

第八，我喜欢追求稳赢的过程。如果不学习、不持续学习、不持续学习获得智慧，我很难想象如何稳赢。天赋异禀如我妈，不学习，也做不到稳赢。追求稳赢的学习是广义的学习，包括但是不限于：读书，行路，学徒，做事。所有人都喜欢权钱色，但是如果你想稳赢，先追求智慧。通过广义学习获得的智慧是稳赢的基础，权钱色不是。

第九，我喜欢师友夹持的状态。一个人学习读书、行路、学徒、做事，不能保证不走偏。如果一个人在学习过程中身边一直有师友夹持，能有不知忌讳地给出反对意见的师友夹持，这个人很难走太偏。如果一个人身边都是不如他的人，这个人也很难稳赢，我妈就是一个活生生的例子。

第十，我喜欢照顾我的肉身。没了肉身的支持，怎么可能稳赢呢？如果肉身实在太累了，就停一停。如果肉身实在僵了，就跑一跑。如果肉身实在厌倦了，就喝一杯。就肉身而言，睡比吃重要，吃比运动重要。睡好、吃好、干好，肉身陪你稳赢到老。

如是我闻。

冯唐

目录

第一章　用好智慧，人间稳赢

- 002　用好智慧，人间稳赢
- 007　作为人类，余生何求
- 014　不想把美好的世界留给那些"二货"
- 018　趁早，趁早，养成好习惯要趁早
- 022　生命有限，知止远远强于拼命装
- 025　"阿尔法男"的困境
- 031　想起三十岁以来没干够的事
- 037　如何和"伪女权主义者"和平共处
- 044　今生最难对付的女生是老妈
- 049　哭闹得不到一切，也不该得到一切
- 053　任何瞬间都一定有一个最优答案
- 056　不给别人添麻烦
- 061　穿透时间的十则信条
- 067　走，咱们一起去元宇宙
- 071　这次赢的可能还是人类
- 078　别活在自己的限制里
- 083　设好你的朋友圈，想变坏都难！
- 087　一声叹息，求真务实之难

第二章 肉身不坏,抵御一切妖风邪气

094　肉身不坏,抵御一切妖风邪气

098　想要见到一个多年后的我

104　一个"自恋狂魔"给自己的信

108　老爸教会我人间美好

112　老妈:生而为人,欲望满身

118　用什么标准选个靠谱的男朋友

121　你好,衰老

125　忆昔日壮勇,叹欲火未遂

132　生命划过的痕迹

136　野有茶,吃茶去

140　放下屠刀,暂时性立地成佛

145　入流生活清单

152　完美是多么无趣的一件事啊

156　真的活着活着就老了

167　生而为人,买的是一张单程票

172　做点小事,不得大病

177　给女神的精神诊断疗方

181　我的第一次濒死体验

190　最爱我的那个女人走了

第三章 身历百千劫,还是一颗活泼心

198　十五分钟生活圈原则

203　身历百千劫,还是一颗活泼心

207　走着就能享受生活的地方

212　一花开而万物生长

217　选一个丰富的城市多花时间

222　生命中最大的那些小物

225　书道不二,万物也如此

230　特别会玩,才是人和动物最根本的区别

237　何谓侘寂

241　不是占有,是暂有

245　人道寄奴曾住

249　破草鞋是个什么鬼

254　今年的诺贝尔文学奖得主又不是我

259　北京的魅处

262　宇宙的尽头是创造

266　人品如西晋,宅居爱北平

268　做个狠人,不是一天,而是很多年

274　再让我心动一下

脑力就是智慧。

佛教说，智慧如水，生成一切；智慧如灯，照见一切；智慧如海，容纳一切。

智慧不怕用，就怕不用。常用常新，常用常有，生生不息，仿佛永动机。用好智慧，人间稳赢。

第一章

|用好智慧，人间稳赢|

用好智慧，人间稳赢

每天对这个世界多一点理解也是别人夺不走的小欢乐。

罗素写过一篇流传很广的文章——《我为何而活》("What I Have Lived For")。开篇明义，罗素是这样说的："三种简单而强烈的激情支配我的一生：对爱的渴望，对知识的探求，对人类苦难不能承受的同情（Three passions, simple but overwhelmingly strong, have governed my life: the longing for love, the search for knowledge, and unbearable pity for the suffering of mankind.）。"

我十岁时初读这篇文章，不为所动。那时候世界天天是新的，从家到学校的路天天走，我还是每次都有新的发现。那时候几乎每本书都是新的，李白、杜甫、老子、孔子，都是第一次读。那时候很忙，忙着从街面上和书本上学习，活着就挺忙了，没时间和精力想：我为何而活？

我三十岁时再读这篇文章，全面认同。生命诚可贵，爱情价更高。那黑长直的头发，那薄透露的丝袜，两瓶啤酒下肚之后，如果那不是爱情，那还能是什么？她一笑啊，命都想给她啊。知识就是力量，为中华之崛起而读书，读读读，书中自有颜如玉。即使风调雨顺，地球上还是有那么多人吃不饱饭，衣不遮体，还是有些富人为富不仁，贪得无厌，想起来心如刀绞啊。

我五十岁时再读这篇文章，不以为然，至少不认为这三点是人类个体贯穿一生的重点。我喜欢罗素这篇文章的题目——我为何而活。温饱之后，这是一个多么值得问自己的问题啊！但是罗素列的三点，如果跳出二十到四十岁的激素和见识，很难构成一个预期寿命为八十岁的人类个体的人生重点。

爱情很难定义，一万个人心里有一万个哈姆雷特，一万个人脑子里有一万个爱情的定义。多少傻事是因爱之名！如果连对爱情的定义都不相同，如何为爱而活？我高度怀疑，爱是长在激素、利害权衡和生活习惯上的某种人类社会现象，是老天的某种诡计，是人类对于这种诡计的某种配合。如今，想起十七八岁，甚至二十七八岁，为了某个女生百爪挠心，十指挠墙，我听见那时候的血管里激素在嗞嗞作响。

知识有百度和谷歌，放太多在自己的脑袋里，是虐待脑袋。人工智能也呼啸而至，在拈花顿悟和无中生有之外，碾压人类大脑。说到拈花顿悟和无中生有，这和绝大多数人都没什么关系，尽管绝大多数人都不认同这一点。

人类苦难似乎无法避免，前面还是雨，努力快跑有什么用？同情和心如刀绞有什么用？温饱之后，就没烦恼了？不会吧。饱暖思淫欲。一些人先富起来之后，就没烦恼了？不会吧。人心不足蛇吞象，为富不仁。均贫富之后，就没烦恼了？不会吧。均贫富之后，谁还有动力去创富？

那，人为何而活？

我个人觉得，我要为智慧而活。反正时光一去不复返，在酒里，在黑长直发里，在名利权谋里，在无所事事里，都是一去不复返，那为什么不在增长智慧的过程中安度时光？万一渐修能触发顿悟，那今生就能跳出轮回直达涅槃，下辈子就省事啦。如果没有万一，在智慧上形成不了突破，那每天对这个世界多一点理解也是别人夺不走的小欢乐。小草和繁星，凶杀和奸情，文史哲和天地生，古今中外，一生不烦。

古人提供了两条增长智慧的道路：读万卷书，行万里路。21世纪了，我再添两条：学徒，做事。很难学的东西，光读书，光走马观花，多数学不会，一生中有两三个好师父传帮带，是条增长智慧的捷径。天时地利人和，机缘巧合，诸缘汇聚，你还能做事，持续做事；成事，持续成事。恭喜你，你走在增长智慧的捷径上。

可惜的是，天底下哪有那么多好事？好师父难得一见，遇见了也不一定愿意带你。即使好师父帮着你练成了屠龙技，龙也不一定一直在那里等你。一个人的力量太渺小，古今中外，练成了屠龙技的个别少年，多数没能逐鹿中原，有的改行杀猪，有的文心雕虫。

　　三尺微命，一介书生。命好，学徒，做事。无论命好还是不好，至少可以读书。

　　温饱之后，如果不知道自己该干点什么，那就读书吧。

作为人类，余生何求

世界的德，天地的心，让女性来立，
宇宙会更美好。

人类基因编码中，有些底层基因编码亘古不变。

几十年承平无战事之后，某处的人类普遍富裕了，开始习惯性地呈现底层基因编码的一些特质。比如，问起这些富裕后的人："你们还有什么医疗健康的需求？"有很大比例的男人会说："长生。"大比例的女人会说："不老。"长生，不老，这和秦始皇嬴政两千多年前的心愿，和杨贵妃玉环一千多年前的心愿，并无不同。这些心愿下面一层的情感是贪恋和不舍，更下面一层的恐惧是不理解为什么没有永恒：脸蛋为什么不能永远充满胶原蛋白，饱满如少年？身体为什么不能永远有使不尽的力气和好奇如处男？父母为什么不能永远存在于尘世的某处？儿女为什么不能继承我们这一代的全部天赋？情人相看时为什么不能眼里永远都是星星？

我在高中和大学学过初级编程语言，我也理解，编辑人类基因编码的团队一定在某些关键两难抉择中做了一些无奈的选择。如果让太多人长生不老，亘古如天地，天地就不够用了。如果让太多人失去对于永恒的渴望，多数人在温饱之后就失去了对于美好的渴望，人类世界就失去了演变的动力，甚至陷入狭窄的死循环，就更加不好玩了。

作为男性，我时常听其他男性酒后吹牛，我偶尔也会主动问不同年龄段的男性朋友："余生何求？"我也反复听过我骨髓里的激素嗞嗞作响的声音，也反复试图理解这些激素、交感神经、副交感神经和肌肉、骨骼系统想带着我的胴体和灵魂去干些什么春风十里或者伤天害理的事。我自以为理解多数男性的终极追求（当然，很多人放弃，其中大多数是因为识时务，少数是因为知天命，极其个别是因为真正得道，认识达到"唯余一孕在，明日定随风"的境界），说到底，无非"三不朽"：立德、立功、立言。[1]春去秋来，斗转星移，胴体消散，还有生前身后名在处男时挺立过的街头飘荡，还有个别金句、黑话、语录、诗歌、小说段落和影视台词在依旧是处男的胴体上流传，无论春去秋来、斗转星移。

作为男性，我忽然想起，也该问问女性朋友们："作为女性，余生何求？"什么是你认为最了不起的事？我在问她们的时候，全力

---

[1] 源于《左传·襄公二十四年》："大上有立德，其次有立功，其次有立言，虽久不废，此之谓不朽。"——编者注

做到内心纯净，纯粹好奇。我是个金牛座，大地和星辰决定，我贪财好色。但是，经后天严格训练之后，我贪财，但是不得不取之有道；我好色，但是不得不止乎礼。在我心中，女性是在轮回中轻松超越轮回的智慧人类，是在能超越之时死活再坠落轮回之中的善良人类。

对于"什么是最了不起的"这个终极问题，女性的回答要比男性的多样化。男性要的归根结底是立德、立功、立言"三不朽"，和《左传》说的一样，和曾国藩毕生追求的一样。女性回答最多的是要有安全感，其中有幽默感的会说：了不起的是一生有安全感地端庄。这类回答的变形是：了不起的是一生有爱，爱和被爱，一直，一生一世。也有的女性的回答简单直接：了不起的是嫁了很帅、一直很帅、不断更帅的老公。也有女性比男性更少羁绊：了不起的是想干什么就干什么，干什么都像模像样。也有的女性的回答是要呵护，其中的变形包括：最了不起的是呵护自己的孩子成为了不起的人，呵护自己爱的男人成为了不起的人，呵护自己的国家成为了不起的国家，抱抱、亲亲、举高高、转圈圈，或者被抱抱、被亲亲、被举高高、被转圈圈。

也的确有的女性的回答和男性的类似：终极的了不起还是不朽。立功：做成一些绝大多数人做不成的事，做成一些让千万双手都为我鼓掌的事，让我的名声比我的胴体流传得更久远。立言：虽然做不出"黄花瘦肉汤",但是写出了"人比黄花瘦"。

综合男性和女性对于这个终极问题的答案,我感到困惑的是:什么是立德?

是树立做人的标准?此事在《左传》时代,在全球范围,已经被老子、孔子、释迦牟尼、耶稣等基本做完了。是在认知上、在修炼身心上符合这些标准?或许是。

是获得上天的眷顾?天意即德运,上面几辈子积德,这辈子被天选,这辈子继续积德,下辈子不会被雷劈。或许是。

是制订管理自己、管理团队、管理艰难复杂事物的标准并且信受奉行?在这点上,曾国藩是千古第一人,为师为将为相,在晚清,手里一把烂牌,生生成事,救人无数。或许是。

尽管我不确定立德到底指什么,但我的直觉莫名其妙地认为:"世界的德,天地的心,让女性来立,宇宙会更美好。"

| 篇后语 |

在我印象中，这是我第一次写篇后语。对于我，写一篇千字文不是非常困难的一件事，想清楚了再写，笔墨行于不得不行，止于不得不止，为什么还要写篇后语？

"立德立言立功'三不朽'"，我总是在想：立德是什么？似乎总是欠一些，没想透。写这篇千字文的时候，我似乎有了一些交代，但是我心里清楚，还是有层纸没捅破。

写完这篇千字文后，不久的一天，我偶然看到一句古话："道德传家，十代以上；耕读传家次之；诗书传家又次之；富贵传家，不过三代。"我愣了很久，想了很久，我想通了。

立德是智慧、慈悲、美感。智慧是三观、方法论、进退的分寸、对灵肉包括情绪的管理等；慈悲是善良、底线、同理心、有所不为和有所必为等；美感是对于眼、耳、鼻、舌、身、意综合愉悦的感知力和鉴赏力，说不清，但就是知道。

立德是一切立言和立功的基础。德立，口吐莲花和攻城略地的成功概率就高出很多。德不立，的确有少数天才依旧能口吐莲花，少数运气超好的人依旧能成事，但是，这样的立言和立功往往不能持续，本人不能善终。

从这个理解出发，如果能够把上述的道德传给后辈，发达十代以上；把耕读的习惯传给后辈，希望他们能简单守成，发达六到十代；把读书、写书的能力传给后辈，希望他们立言，发达三到六代；把财富和权势传给后代，希望他们立功，发达止于三代之内。

儒家是精英主义教育，阐述的对象是官员和士人，不是普通人。普通人不需要立德，做个自食其力、善良的人，就好。

普通人在局中只需要跟对人，然后顺势而为

冯唐直播
谈向上社交

很多事情，很多人并不是做不到，而是一是怕，二是不努力去想怎么去做，三是总在想自己没有想别人。如果你总是想，我是个美女，我是个帅哥，别人都要跟着我，我就是不一样的烟火，那很有可能你这辈子就自己独美了，没法跟你最需要的人产生联结。

古人有个很好的总结："一命二运三风水，四积阴德五读书，六名七相八敬神，九交贵人十养生。"人凭努力做到的"交贵人"，是一个被古人严重低估的成功要素，应该将其挪到前三，甚至可以排在运气之前。

要结交和维护那些比自己优秀的人，核心是"价值互换"，单方向的瞻仰、崇拜、拍马屁、送礼物，都不行。正视利益交换，利益不交换就是对的吗？不交换利益的话，那交换什么呢？交换爱情吗？就好比经常有人问我："冯老师，你都这样了还卖书？"我说我辛辛苦苦写一本书我不想卖，我这不是有病吗？有人瞧不上别人成功是因为跟了大哥，不跟大哥跟小弟吗？很多人创业的第一桶金都是跟着大哥赚来的。跟对人，羽翼未丰的时候合理跟随也很重要。

不想把美好的世界留给那些"二货"

我不是好胜,我只是不想把这么
美好的世界留给那些"二货"。

我和其他地球人一样,也有一个妈。他们那一代人,从小到大经受了很多苦难,比如我姥姥生了十个孩子,只有我妈和我舅舅活到成年。我妈小时候被判定没救了,被扔到乱坟冈子,两次。第二天有人路过,听到嘹亮的哭声,又把我妈抱回了村子。

他们那一代人,从小到大又一直为生存忙碌,没什么兴趣爱好。有一次我哥、我姐和我聊起我们爸妈的兴趣爱好。

我哥说:"他们还是有兴趣爱好的。老爸热爱'赌博',老妈热爱吹牛。"

我想了想,也对。

老爸一直热爱胡同口的棋牌室,每年都渴望大年三十的到来,那天,我哥、我姐、我都会赶回北京,陪他打一通宵麻将。初一的太阳升起来,老爸给大家煮一锅饺子,大家热腾腾地吃了,然后,他每年一次豪迈地振臂高呼:"再打四圈,然后睡觉!"

老妈一直追求"第一、唯一、最",她把这个特点归功于她的蒙古族基因:"我们是成吉思汗最小儿拖雷的后代,孛儿只斤·拖雷,知道不?最能打的那个。整个地球上,谁不服,就打谁。你们仨,谁不服,我就打谁,打服了算。我是孝庄文皇后的后代。孝庄文皇后知道不?大清国蒙古族皇后,最美的一个,我们那支的,我姥姥的姥姥的姥姥。要不然,我怎么长得这么美?你们也不动脑子想想!"

"您就吹,接着吹。"

"什么叫吹啊?你查去。我从来不吹牛,我说的都是事实。"我妈说。

我妈下楼倒个垃圾,都要化个浓妆、穿个貂儿。"你们知道我为什么这么做吗?因为大家都说我是广渠门外垂杨柳最漂亮的老太太,我不能让大家失望。"

我妈对于"第一、唯一、最"的追求也害了我。高考之前,我被保送北京医科大学(简称"北医",现在的北京大学医学部)。我征求我妈的意见。

"为什么要被保送?"

"被保送了之后,我就可以有半年时间读闲书,喝啤酒,和长得美的女生聊天。每天坐在教室里,喝口啤酒,看眼夕阳,周围是其他撅着屁股往死里念书的我的同学,如是180天。此乐何极!"

"北医是全国最好的医学院吗？我就不问全世界啦。"我妈问。

"不是。还有个医学院叫协和医学院。上北医，学五年；上协和，学八年，出来就是医学博士。"我回答。

"那你要那个保送干什么？"我妈问。

于是我考了协和，在之后的八年中，我的高中同学们在各自的大学里、工作单位里，喝着啤酒，泡着妞或者小鲜肉，看着夕阳，我在东单三条九号院里撅着屁股往死里念书。

"所以，咱们不要像咱们爸妈那样，我们要有个认真的兴趣爱好，更丰盛地过我们这一生。比如，老哥爱种花，老姐爱恋爱，我爱写作，业余写作，但是写得不业余。"我对我哥、我姐说。

"你没戏了。你基因不好，你继承了太多咱妈的基因。咱们家，你和咱妈最像，你最大爱好也是吹牛。"我哥悠悠冷冷地说。

听到之后，我第一反应是否认，但是冷静一想，我哥说的似乎也对。自从我被我妈追求牛×的气势逼进协和之后，我就在追求牛×的路上一路狂奔：自协和毕业后，我去 GDP（国内生产总值）最高的国家学商，学商毕业后进最好的咨询公司，离开咨询公司之后进最大的客户，也是业务最广博的央企，在央企集团总部做了两年战略之后，在这个平台上创立亚洲乃至世界最大的医疗服务集团；在文章上，在第一本长篇小说《万物生长》出版之后，因为叫好不叫座，又出了它的前传和后传，构成"北京三部曲"，自认为是古往今来最好的写青春的中文小说，又想证明自己也能编故事，写非现代、非自传的小说，就写了关于唐朝禅宗和尚的虚构小说《不二》，在香港出版后又成了香港出版史上最畅销的长篇小说。

这种对于吹牛和追求牛×的兴趣爱好不是没有副作用。如今，除了叹号，我妈已经不会用其他标点符号了。我年过半百，还是觉得工作比玩要好玩多了，没生大病就休息一天，是种罪过，甚至决定衰年变法，半百创业，"997"地再干到生命尽头，甚至每年10月初的时候，心中暗暗畅想，我如果活得足够长，会不会拿个诺贝尔文学奖呢？

这不是我妈附体吗？这不是精神有毛病吗？

"我不是好胜，我只是不想把这么美好的世界留给那些'二货'。"我和我哥争辩，心里发虚，嘴上不承认。

我忽然意识到，投胎是个技术活。我不得不承认，我妈对我的影响比我想象中的还大。

投胎有风险，来生当谨慎。

趁早，趁早，养成好习惯要趁早

人类六岁就已经老了。

因为一些可以说和一些不可以说的原因，我对于心理学，特别是儿童心理学的兴趣大增。可以说的原因是，我同龄人的孩子们都大了，到上大学，甚至走向工作岗位的年纪了，我最近受朋友之托，频繁见了好几个二十来岁的儿子和闺女，感触良多。

这些二十来岁的年轻人身上有很强的共性，比如，都受过极其良好的教育，本科基本来自"哈麻牛剑""北清交复"，都见过世面，知道DRC[1]、波尔多五大酒庄和香槟王，知道万宝龙和爱马仕，知道"三坑两涧"[2]和日本三大食神[3]，也都心怀天下，忧心宇宙进程、

---

[1] 为Domaine de la Romanée-Conti，是法国勃艮第产区著名酒庄，其罗曼尼·康帝葡萄酒，被认为是世界上最昂贵和最受尊敬的葡萄酒之一。

[2] 这里是武夷岩茶的核心产区，包括慧苑坑、牛栏坑、倒水坑、流香涧、悟源涧。

[3] 为"天妇罗之神"早乙女哲哉、"鳗鱼之神"金本兼次郎、"寿司之神"小野二郎。

人工智能和中美关系，也都长得高高大大、神清气朗，中英文俱佳，多数还能看得懂日文、法文和西班牙文菜单。可是，一顿饭吃下来，我心里对他们充满担忧。

我受过严格的临床医学训练，尽管离开临床一线很多年，但是基本的医学思维能力都还在，而且还能找到和我年纪相仿的各个临床专业的顶尖专家。我受过严格的商业管理训练并且长期实践，尽管不为人所知，但确实是顶尖的战略管理专家。

奇怪的是，很少有朋友问我医疗问题。

"因为你熟悉的都是疑难杂症或者重症，我一问我的病应该怎么办，你就说没事，过两天自己就好了，再问，你就说，多喝水。"朋友们通常这么和我解释。

更奇怪的是，更少有朋友问我战略问题。

"因为你总是打击我们，总认为我们不是做那件事的那块料。"朋友们通常这么和我解释。

当初，朋友们拜托我，再忙也和他们的孩子们吃顿饭，教育教育晚辈，我就又奇怪了："我不是教育专家，我又不好为人师，我又不爱说话，干吗让我教育晚辈？"

"因为你看问题准，说话坦诚，我们想让你见见孩子，看看他们问题大不大，如果问题大，看看还有补救的方法吗？"朋友们这么和我解释。

这样的饭吃过六七顿之后，我得出来的结论类似：尽管孩子们的背景都很优秀，但是问题都很大，补救的方法很少，如果不是没有。

朋友们和我讲："你现在知道为什么求你和他们吃顿饭了吧？我们愁死了，想和你确定一下他们是不是有问题，以及该怎么办。"

的确有问题：比如，他想要和我吃饭，但是嫌麻烦，坚持让我订餐厅；比如，我订好了非常难订的餐厅，提前一天又嘱咐了一次不要迟到，他还是迟到了半个小时；比如，吃饭时他一直在照相、发朋友圈、掉食物、掉筷子、掉"无形文化财"匠人做出的盘子和盏；比如，我问他工作找得怎么样了，发了多少封求职信？他说最近伦敦城里好的艺术展览太多了，先忙着看完，再仔细打磨求职信；比如，我说："别再照了，主厨已经提醒你一次了。"他说："主厨就是客气，我照完发朋友圈，给主厨提升人气，请他不要客气，不要不好意思哟。"

我非常确定，我如果招人，我不会给这样的儿子、闺女们一份工作，哪怕他们毕业自"哈麻牛剑""北清交复"，哪怕他们貌美如花。

"你现在还花你爸妈的钱吗？"我问。

"花得很少了。除了房租、学费、每月的伙食费，他们几乎很少给我钱了。我爷爷奶奶和外公外婆还给，他们说自己没力气花。你们这一代都忙,我父母在我小时候也没时间管我,我是爷爷奶奶带大的。他们让我多花点,然后告诉他们一些新鲜事,我就花呗。冯叔,您别愁眉苦脸的,找个工作有什么难的?可是我清华毕业,不能去送快递啊!打包发快递都跌份儿!我如果送快递,我爸乐意,我爷爷奶奶还不乐意呢。'不着急,不害怕,不要脸',冯叔您的九字真言啊。不着急,冯叔。"儿子们说。

的确没什么改进方法。如果是身材和容貌问题,可以请私教,还可以考虑做医美手术;如果是知识和技能问题,可以再念个"哈麻牛剑""北清交复"的硕士甚至博士,还可以仔细读读讲结构化思维和表达的《金线》。可是面对这些二十来岁的年轻人呈现的三观和习惯的问题,有什么有效的改进方法吗?

我重新读了一些弗洛伊德的书,还是觉得臆断偏多,人类对于人脑如何发育、如何工作所知甚少。传说中他的一句话倒是让我深思,他说,人类六岁就已经老了。

唉,成名不一定要趁早,但是,下一代好习惯的养成,还是要趁早,趁早,越早越好。

生命有限，知止远远强于拼命装

天下武功，唯快不破。
天下读书，唯笨不破。

我出了一本书评集《了不起》，卖得出乎我意料地好。读者中有些是少年，更多是少年们的妈妈爸爸。其中不少妈妈爸爸通过各种渠道问："冯老师，应该如何读书？"

我知道，人之患，在好为人师。我不知道别人的状况，我不能拿我的经验强加在别人身上。而且我的好些经验都是花了大时间、大价钱和大泪水得到的，为什么要轻易给别人？何况，即使你说一加一等于二，在这个世界上还是会有人反对，生命有限，好玩的事太多，何必花时间和这些人沟通？

但是，我换个角度想，读书是人类最简单的奢侈。少去一次酒吧，省下来的钱就可以买三五本经典书。即使你是首富，你能买到的最好的智慧也就是这三五本经典书。鼓励读书，引导读书，总没有错。另外，即使我说的读书经验全是不适用于他人的，但它至少是我走通过的，可以作为他人的一根拐杖、一个参考。

所以我还是违反祖训，倾囊而授，讲讲我的读书方法。

不着急，不害怕，不要脸。

这九字真言是我发明的，原来讲的是在世界上成事的三观。"不着急"是指对时间的态度，"不害怕"是指对结果的态度，"不要脸"是指对他评的态度。

最近我发现，这九个字，也适用于读书，是很好的读书方法。

"不着急"，是指给成长以时间。读书的确能增长智慧，但是不要期待读了一遍《论语》，你就能成为孔子，就能安天下。古人说"读书破万卷，下笔如有神"，其实也强调了耐心。"破"是指认真读和反复读，破了万卷之后，下笔才能有神。破了一卷，还早，还在早上的迷糊中，还分不清东南西北。需要祛魅的是，万卷没有我们想象的那么多。古书通常简短，万卷可能就是现在的一千本书，《资治通鉴》一本书就有二百九十四卷。一周读两本书，一本是可能没那么多阅读快感的经典，一本是自己有阅读快感的新书，一年下来，就是一百本，十年下来，你就是读过万卷书的人了。

"不着急"，还指读的时候不要匆忙。没有人催你，你也不要惦记着用读书多的名头去显摆，去泡妞。读书只是为了打发无聊，增长智慧，脱离苦海，没什么可显摆的。我不理解为什么有些人崇尚倒背如流，我也不理解为什么有些人崇尚一目十行。这些都是外道，不要搭理。

"不着急",甚至意味着花些笨功夫。比如,背字词典,英文词典、《新华字典》、《古汉语常用字字典》;比如,背诗词,《唐诗三百首》《宋词三百首》《千家诗》。天下武功,唯快不破。天下读书,唯笨不破。

"不害怕",是指给自己以信心。无论某本书的作者多么了不起、多么如雷贯耳,都不要害怕,平视他。求真,祛魅,不薄今人爱古人,认可天才的存在,但是也确信,我们都是地球人,天才也有很多局限。

"不要脸",是指给不完美以容忍。没人能读尽天下书,没人能尽知天下事。不知道商鞅原来是卫国人、武则天十几岁失身,不丢人;不知道一些字的发音,不丢人;没有读尽《四库全书》,不丢人。生命有限,知止远远强于拼命装。拿我举例,我把多重积分都忘了,我没细读过任何一本西方哲学书,今生我也不想了。

以上,挂一漏万,分享我的九字读书法。

腹有诗书气自华,人丑更要多读书。

世界凶险,少年,多读书,磨好剑,江湖见。

"阿尔法男"的困境

> 即使你做到最好,为什么还是得不到
> 你想要的一切?

我最近终于读完了菲茨杰拉德写的《了不起的盖茨比》,想给他写封信,讨论一下,为什么这本小说能流传下来,近一百年后还有人阅读,还被人拍成电影,蒂芙尼还做了一套电影周边产品:一副袖扣和一枚男戒。

菲茨杰拉德二十四五岁成名,成名不算太早,四十四岁去世,去世时正值盛年,算英年早逝。他的一生不长,他还酗酒成性,写作的时间有限,一生中写的东西不能算多,一共只有四部长篇小说,《了不起的盖茨比》是他的第三部长篇。而且,在他生前,这部小说卖得并不好,一本不厚的书,一个很老套的故事。菲茨杰拉德生活在第一次世界大战前后,和他同时代的一些作家并称"迷惘一代"。那个年代,作家中有不少好手,比如乔伊斯、艾略特、伍尔夫、海明威、庞德、斯坦贝克、亨利·米勒等,他们都写出了不少伟大的作品。在奔向不朽的路上,《了不起的盖茨比》的竞争对手多且强。

听说鱼只有七秒钟的记忆,其实人也是善忘的动物。估计美国人民当中能记住一百年来所有美国总统的比例不超过千分之一,估计我们当中能记住清朝十一个帝王的比例也不超过千分之一。一些红极一时的作家一百年后在人民心中只剩下一个名字,剩不下一本著作,甚至剩不下一个人物或者一句话,更多红极一时的作家一百年后甚至连一个名字都剩不下。每过三个月,公司的电邮系统都提示我需要更改邮箱密码,而且不能是之前三个月用过的。我试图记起我第四个女友的姓名和生日,但实在记不起来了,尽管我清晰地记得她笑起来迷死人不偿命的样子。

那么,为什么近一百年后,《了不起的盖茨比》还有很多人阅读?

因为怕忘记。我行李箱的侧兜儿里一直放一副袖扣,以备需要正装出席的场合。有一次清理行李箱,想看看有哪些不必要的东西可以拿出去减重,我翻到带有盖茨比名字缩写"GG"(The Great Gatsby)的这副袖扣,想到还有和袖扣配套的戒指,就找出来戴着玩玩,方形黑玛瑙戒面上阴刻一朵盛开的小雏菊[1],端端正正,深情摇曳。旁边的书架上正好有《了不起的盖茨比》精装版,很轻,很薄,正好能扔进行李箱,旅行时候抽空看。我记得很久以前试图读

---

[1] 盖茨比痴恋的女生名叫 Daisy(黛西),daisy 不表示人名时的词义是小雏菊。

过两次，每次都没看完第一章，一个原因是第一章节奏很慢，男一号和女一号迟迟不出现，我担心这本薄书会虎头蛇尾的不好看；另一个原因是菲茨杰拉德似乎喜欢用一些生僻词和长句子，不如读与他同时代其他作家的作品那么顺畅。

这次，我断断续续读到了一半，渐渐放不下来，加快了阅读速度，很快读完了。读后半部的时候，我一直在想，在这部小说里，菲茨杰拉德到底做对了什么，他凭什么靠它打败了时间？

第一，硬核。《了不起的盖茨比》讲述了一个很普通但是很普世的故事：一个小镇青年，在一个让年轻人凭自身还能干事的时代，在一个剧烈变化、体量巨大的国家，一个人明快决断而又小心翼翼地爬到社会的顶层，还没老到涉猎政治，还没老到忘记爱情，忘记那些在大脑灰质里、真皮层中见识过的美好和没实现的欲望，一直纯洁，一直记得没得到的，然后处心积虑、不计成本、上蹿下跳地去找到欲望的源泉，那个女生，那个夜晚，那个无奈，那句话，那个躲不开的分开，然后遇到那个女生，然后被社会毫无意外地毁掉。痴情、野心、奢靡、奸情、凶杀、劣根性，在一本小书里，应有尽有。

Then wear the gold hat, if that will move her; if you can bounce high, bounce for her too, till she cry : "Lover, gold-hatted, high-bouncing lover, I must have you!" (那就戴顶金灿

灿的帽子，如果那能打动她。如果你能蹦得很高，那就为她蹦得很高。直到她高呼："亲，戴金灿灿帽子的亲，蹦得很高的亲，我要好好要要你！"）

这个故事，关于阶层穿越，关于上流社会，是人爱看的"成功"故事。这样的故事发生在这里，也发生在那里，发生在过去、现在和未来，而且，发生的时候，里面总是憋着一股特别的劲儿。那股劲儿其实是人类发展的基本动力之一。在这个意义上，这个故事写的不是过去，写的是未来，写的不是即将消逝的一群人，而是野心勃勃地去实践"美国梦"的年轻人。只要"美国梦"还有，这本书就会有人看。

和其他硬核故事不同的是，这个硬核发生在最欣欣向荣的美国第一次世界大战前后，这个硬核是指菲茨杰拉德自己的硬核之处：和盖茨比一样，他也从小镇出发，涉及战争，爱上小镇上他认为最美的女生，摸了她的小手，很久之后来到纽约，试图挣钱，失败；他的女生抛弃了他；再试图挣钱，"成功"；他的女生又爱他了，然后他很快"挂"了。

第二，简单。菲茨杰拉德选了一个简单的视角，把自己的经历劈成两个角色：一个是盖茨比，另一个是盖茨比女神的表亲。整个小说是以这个表亲的视角展开的。几十年后，世界各地的成人爱情手抄本纷纷采用了这个视角，"坏人"都是女一号的表亲。这个表亲通过盖茨比观察世界，这个盖茨比通过表亲重新认识女神黛西。《了不起的盖茨比》在第一章之后，悬念、象征、符号变得非常明显，直捶人心，读者非常容易有代入感。在一切悬念消失之后，在盖茨比和黛西厌倦彼此之前，在人性的黑暗袭来之前，菲茨杰拉德安排盖茨比在一场大酒之后发生车祸，在这场车祸后被路人甲枪杀，这也是最简单、最抓人眼球的一种处理方式。几十年后，很多自媒体公众号纷纷采用了这种写作方式。

第三，困扰。在不到三十岁的时候，菲茨杰拉德就通过《了不起的盖茨比》触摸到人类在度过青春期之后最大的一个困扰：作为男人，即使你做到最好，为什么还是得不到你想要的一切，甚至得不到一个你最想要的女子，甚至一个晚上的安宁？

不朽不易，菲茨杰拉德应该谢谢他笔下的盖茨比，也祝他在某个空间继续和他的黛西纠缠不已。

仗剑走天涯

想起三十岁以来没干够的事

和爱的人,而不是对自己有用的人
消磨时间。

现在回想起来,我对三十岁毫无印象。如果不细查硬盘备份,我绞尽脑汁也想不出2001年大致是怎么过的,甚至想不起来三十岁的生日是怎么过的,吃了啥,喝了啥。从保存记忆这个角度看,2007年出现的智能手机也不全是一个让人类异化的恶魔。

"三十而立,四十而不惑,五十而知天命。"孔丘这么说的时候,人类平均寿命不足四十岁;我这么写的时候,人类平均寿命接近八十岁。由此窥见,人类的智慧并没有因为科技的进步而加速发展。可能是因为基因编码,可能是因为激素水平,无论古今,不同年龄的人还是在脑子里忙活相同的主题。

尽管如此,前事不忘,后事之师,我三十岁的时候如果能知道自己五十岁的一些优先排序,我或许能把三十岁到五十岁的这二十年用得更好一些,少一些后悔的事。

友人发给我一张单子,里面包含一些人类容易忽略但是重要的事。纯粹根据个人好恶，我做了增减。尽管世上没有后悔药，但我还是想说给三十岁的我听听，产生一些隐隐的悔意，激励自己从现在五十岁开始，多做做这些重要的事。

第一，交两三个无用的朋友。

现在想来，这辈子给我最大滋养的不是最帮我的人、最宠我的人、最让着我的人、最顺着我的人、最教育我的人、最信任我的人、最不愿离开我的人，而是最无用的两三个人。他们让我看到月亮的暗面，让我放松喝口不涉及名利的酒，让我知道在CBD（中央商务区）之外，世上还有瓦尔登湖。

第二，培养一个无用的爱好。

这个爱好能让我战胜无聊，变得有趣一点，认识些无用而好玩的朋友，面对无常。无论春夏秋冬，无论得志与否，都能有一叶扁舟，"小舟从此逝，江海寄余生"。

第三，去一个永远成不了景点的地方旅游。

我列三个我需要常去的地方：我的故乡广渠门外垂杨柳；北大燕园；协和医大解剖楼。多去故乡，时间走得慢。燕园是世界上最美的校园，没有之一，常亲近大学，让我知道名利之外，还有智慧之海。解剖楼让我清醒，死亡是所有人的必然。

第四，收藏两三件不能增值的旧东西。

我有一件写作时穿了多年的睡衣、收到的一纸箱子信、从小学一年级开始写的日记（四五十本了吧）。

第五，爱过一个不可能和你在一起的人。

我后来想，不在一起可能是更好的安排，尽管不甘心，但是爱不会被"柴米油盐酱醋茶"抹去。

第六，和爱的人，而不是对自己有用的人消磨时间。

年轻时和对自己有用的人消磨时间，天经地义。但是，也要有度。挤出一部分时间和爱的人消磨，很可能不影响事功的成败，但是很可能增加人生的幸福感。

第七，穿一件青春期都不敢穿的衣服逛街。

争取一个月一次。我没想好，在北京，有什么出格的衣服可以在冬三月穿。

第八，写一部永远没希望出版的长篇小说。

在写了。我觉得，尽管希望渺茫，但是还不是绝对没希望出版。

第九，遇到人生困境时，一觉睡到自然醒。

人生第一能力是酣睡的能力。能睡的人，命都不会太坏。

第十，不期待任何好处地帮助一个人。

人都是要死的，一切都留不住，包括力气和钱财，与其浪费，不如给予。

第十一，和父母吃饭时全程不看手机。

我当时没有做到，我很后悔。

第十二，与陌生人做一次善意交流。

当着很多陌生人的面演讲算吗？

第十三，信任人，和上边派来的人一起成事。

哪怕被人暗算，哪怕被人说"你傻啊"，在没有确凿证据时，选择信任人，是过一辈子；选择不信任人，也是过一辈子。还是信任人过一辈子更舒服。

第十四，研究一个冷僻的课题。

红山玉算吗？从《资治通鉴》看管理算吗？僧安道一的书道艺术算吗？

第十五，收藏一种已近失传的传统工艺。

商以前高古玉，宋金元茶盏。

第十六，发明一件申请不了专利的东西。

每周轻断食法，算吗？

第十七，将垃圾按垃圾桶标识去分类。

好。

第十八，为自己想一句墓志铭。

诗人。

第十九，学一门已经死去了的语言。

甲骨文。

第二十，买一个花瓶，一星期买一次花插在里面。

花瓶买了，不止一个。以后买花得更勤一些，哪怕是买给自己。鲜花有治愈能力，尽管我没想清楚是为什么。

第二十一，帮电梯里的人按下他们要去的楼层。

一直奉行。

第二十二，有两三个具有排他性的挚爱品牌。

书写和手表，万宝龙。跑步服，New Balance（新百伦）。天妇罗，雪崴。出行，滴滴。

第二十三，每天阅读纸质书三十分钟。

一直奉行。

第二十四，向自己伤害过的人致歉。

没伤害过什么人啊。

第二十五，保留日记，直到宇宙尽头。

好的。

第二十六，学一道新菜，做给所爱的人。

我学会了如何把饺子煮熟。

第二十七，和你的邻居打一声招呼。

一直奉行。

第二十八，呵止一个插队的人。

做过一阵，差点被打，停了一阵，以后继续呵止。

第二十九，不去纠正和你三观不同的人。

人过了三十岁，三观很难被改变了。你看我傻，我看你傻，点到为止就好了，看破不说破，看穿不说穿。这点，我做得越来越好了。

第三十，偶尔毒舌。

在法律法规允许下，去他的温良恭俭让，觉着憋得慌，就骂吧。

如何和"伪女权主义者"和平共处

越独立的女性越坦诚从容,
越容易相处。

四十而不惑,五十而知天命,我从四十岁漂向五十岁,遇上的困扰越来越少,越来越能替存在的现象找到原因,越来越能不去想那些无可奈何的事情。最近一个百思不得其解但是又不能完全释怀的困扰是:如何和"伪女权主义者"和平共处?

我的生活简单,大部分时间给了读书和工作,生活中,我深入接触的人类很少,长期以来,我老妈是我了解女性的主要来源。新中国、新时代、新梦想,毛主席说妇女能顶半边天。基于我对我老妈的观察,半边天真是说少了。如果我老妈生在商周之前,顶替或者配合女娲补天,整个天都应该是妇女的,天似穹庐,笼盖四野,天苍苍,野茫茫,一帮"二货"男的在下面四处忙。我对于女权主义的最初印象全部来自我老妈。

在漫长的共同生活中,我老爸、我老哥和我各自找到了适合自己的应对我老妈的方式。

我老爸的方式是躲。他躲到做菜里、茉莉花茶里、麻将牌里。他从来没想过在工作中攻城略地，开疆拓土，他用极其有限的钱在北京这个食材极其贫瘠的城市寻找食材，用尽心思和时间烹饪，在北京这个难吃到哭的城市让我们几个吃到有满足感的食物。他喝非常浓的茉莉花茶，睡不着就去打麻将牌，凑不够手的时候就在电脑上"斗地主"。对我老妈说的话，他选择性地过滤掉，只是似乎在听，从不反应，笑笑，然后继续做菜，喝茶，打牌。我忍不住要替他和我老妈去理论的少数瞬间，他都会按住我，说："别理她，不要和她一般见识，她更年期（估计这句话也是政治不正确的，是要被女权主义者批判的）。"

我老哥的方式是逃。他逃去遥远的外地上大学，他不到中午十二点从不起床（他起来时我老妈早就去世界上厮杀了），他提前退休归隐东海之滨。他和我坦诚交代，他不能和我老妈待在同一个城市，否则总觉得劈他的雷就在我老妈所在的小区上空徘徊，我老妈一闪念，雷就奔往劈他的路上。

我的方式综合了我老爸的躲、我老哥的逃，偶尔用用游击战，和我老妈战斗一下，斗不过就躲，就逃。我躲到我老妈不懂的英文小说里、《资治通鉴》里和《中国出土玉器全集》里。我逃到干不完的工作中、妄图打败时间的写作中和无尽的为人民服务中。在偶尔的游击战和遭遇战中，我基本上斗不过我老妈。我擅长的 PPT 和小黄诗派不上用场,我的九字真言"不着急,不害怕,不要脸"盖不住我老妈"更不着急,更不害怕,更不要脸"的十二字真言。她一句,"我去你妈",就秒杀得我哑口无言。

尽管在飘满我老妈的天空下生存了下来,但我还是缺少足够的智慧去理解她,理解女权主义者们:您们到底要什么?

我可以选择逃和躲,鸡犬相闻,老死不相往来,有事打电话,没事别联系。但是,作为一个贪财好色的妇女之友,作为一个认为女性高于男性很多的女性主义者,作为一个前妇科大夫,我还是禁不住深入思考。

你如果要求男性"礼、乐、射、御、书、数"俱佳,霸道总裁范儿,酒桌沙场手把红旗立潮头,可以;你如果要求男性"相妇教子",朝九晚五,"潘驴邓小闲",可以。但是,你如果要求男性既"立德、立功、立言"又是"艳光四射'小奶狗'",这个,违反常识啊,臣做不到啊。

你可以要求男性也呈现男色,保持体重,干净养眼,保持体力,娱人娱己。但是,你如果要求男性不觉得女色是世界上最美的颜色(如果不是之一),否则就是"直男癌",就是物化女性,就是性骚扰,就是臭流氓,这个,违反兽性啊,兽性也深深地印在男性的基因里,也是男性人性的重要组成部分,臣做不到啊。

你可以要求个别男性仰慕你,痴迷你,崇拜你,敬仰你,对你说:"你猜我最想喝什么?我最想呵护你。"但是,如果你要求所有男性在所有时间里都如此对你,这个,违反现实啊。现实里你或许漂亮,但是还没漂亮到像奥黛丽·赫本、邱淑贞一样。你或许有才,但是还没有有才到像李清照、杨绛一样。要阿谀奉承、趋炎附势,说你是第一、唯一,是光,臣做不到啊。

你如果要求男性乃至整个世界都平等地对待你,可以,毫无问题。在我的观察里,很多男性和我一样,特别赞成男女平等,甚至支持女性站着撒尿,特别支持女性独立,越独立越好,甚至支持女性买单、定期服用避孕药。越独立的女性越坦诚从容,越容易相处。你如果要求男性乃至整个世界在一些女性天生弱势的地方偏袒你,可以,毫无问题。在我的观察里,很多男性和我一样,会替女性提、拿重行李,会赞成女公厕面积大些,会抢着买单,会替女生开门,会被女生打骂而不还手还嘴。你甚至可以提出你不想谈论的话题清单:婚姻状况,感情生活,宗教信仰,性以及性暗示,体重变化,精神疾患,是否整容,偶像的坏话,等等。但是,请你理解,不是多数男性都心藏大恶去贬低你,去窥探你的隐私,多数男性只是像谈天气一样谈论你或许认为是禁忌的话题。其实,用常识想想,有多少男性会真的关心一个年过半百的小姐姐是否婚配、是否有情人、是否抑郁、是否每周有人陪着分一瓶红酒?

"我想要独立,你就不能管我;我想要撒娇,你就得全包。"如果号称女权主义者要的都是对女性单向有利的东西,那不是就成了女利主义者?

　　地球孤独,人类孤独,感谢给我们拥抱的臂膀,愿两性相互理解,愿世界和平。

打败内耗的九字真言：
不自责，不自恋，不自卑

冯唐直播
谈情绪管理

第一，不自责。不要责备自己这个事没干好，那个团队没培养好，事败了都是你的错。你不要把自己放在太重要的地位，一件事情的结果受诸多影响，你只要做到尽心尽力，尽职尽责。自责是一种负能量超高的东西。老妈从来不自责："我错？我怎么可能错呢？那只有一种可能就是你错！你说我变主意了，古今中外什么政策不变呢？除了我对你爸从一而终，什么东西能从一而终？"老妈永远"我全对""我全好"，这点我非常佩服。

第二，不自恋。老有人说我自恋，嘲笑我，说我每天早上都被自己帅醒，我这辈子最大的遗憾就是不能亲自己，只能亲镜子……我可以负责地说，这都不是真的。我所谓不自恋，意思是事在脸前，做事的时候不要老想自己那张脸。事没了，想要脸也要不到。太自恋的人走不远。太顾及自己的感触、心情，自己会不会被别人高看一眼，会不会被别人夸奖，到最后很有可能做不成事。所谓戏大于天，文章大于作者，道理是相通的。

最后一个，不自卑。在工作和生活中，你要跟比自己强的人、你心里会暗暗有些妒忌的人交往，多花时间。交一些比你强的朋友，跟比你强的人多在一起。如果你观察到一个人身边的人都是比他差的，那这个人也是不行的。当然，跟比自己差的人在一块最舒服了，在自己的小世界里，大家都觉得我棒。很多人都是习惯性地顺着人性往下选。我不鼓励大家一定要向上社交，一定要找大佬，而是说有选择的时候，别总往下走。

今生最难对付的女生是老妈

您有您混世的魔法，我也有我处理
油腻的技术。

老妈，见信不如晤，但我还是忍住，没跑去八百米之外您的住处和您当面理论。我决定给您写一封信，和您谈谈您的病。

在我的记忆中，从小到大，我似乎从来没给您写过一封完整的信。小学时，老师出过一个作文题：我把祖国比母亲。我向老师强烈建议，还是换一个类比吧，这个类比容易让我们幼小的心灵留下对祖国的阴影。后来老师没有接受我的建议，还要求去咱家对您进行深度家访。那篇作文我还是写了，我自己在心中把作文题换成了"我把祖国比姥姥"，好写多了。从 2009 年《智族 GQ》中文版创刊以来，我一直在写封底公开信专栏，写了近十一年，也算创了某个纪录。这封信，我打算写给您。因为是公开信，我的读者们也会看到，我也和他们分享一下如何和老妈愉快相处。

2016 年您生日当天，老爸在午睡中走了，之后，您就开始一个人住。您承认您谎报过年龄，如果按您说的真实出生日期算，您今年八十三岁了，就算按您身份证上的法定年龄算，您今年也是八十岁了。我哥哥很早就无法承受和您住在一个城市里的心理压力，很早就离开北京去了海边，面朝大海，对您的思念随着海风起伏。我姐姐很早就定居美国，我们仨孩子里面，她的钝感力最强，她大学时候拿过南京市青年运动会铅球比赛冠军，她一直欢迎您去美国和她住。您还是妙龄女子的时候，驱使着我爸，一会儿飞美国，一会儿飞中国，飞到美国一天之后，您就念中国的好，就骂美国的无聊；飞回中国一天之后，您就念美国的好，就骂中国的空气。七十岁之后，您和我爸再这么经常在中美之间来回飞，对身体实在是不好。我苦思冥想解决方案，心生一计，送给您一个七十岁的生日礼物：为了保护您二老的身体和地球环境，以后您二老来回飞国际航班的钱，我不再出了，您二老自己负担吧。老爸的钱当然也是全部被您管着，您二老的钱就是您的钱。从那以后，我说到做到，您也就再也没有在中美之间来回飞了。我哥哥和我姐姐不能陪您，我只好硬着头皮陪您，但是我也是人啊，我也不能承受和您住在一个屋檐下，甚至一个小区里。我在您小区旁边的小区安顿下来，希望您一切平乐，我俩相忘于广渠门外垂杨柳，"鸡犬相闻，老死不相往来"。如果您万一有急症，我用我跑三千米的最好成绩——十一分钟的速度奔向您。

您原来血压一直偏低，十五年前开始血压高，我说病因是您物欲太多、物执太盛，把屋子里的东西扔掉一半，血压就恢复正常了。您回我一个字：滚。您十年前开始吃降压药，但是您的服药情况和血压状况对外一直是个谜。近五年以来，特别是老爸走了之后的三年以来，您的血压越来越控制不住，您开始喊头晕。

您在头晕的时候还在心系宇宙、地球、国家、民族，特别是垂杨柳周边的福祉，您在我们家的微信群里说："你们说，你们这个表妹是不是有病？"

"您头晕好些了吗？量量血压，照张照片发过来。"我问。照片发来：舒张压120mmHg（毫米汞柱），收缩压170mmHg。"您最近吃降压药了吗？按时、按量、按医嘱吃了吗？"我接着问。

"药似乎没有了，早就吃没了。"您神志清晰。

"您知道，治疗无效的第一原因是病人不遵医嘱。您还管别人的闲事？您把医生给您的医嘱给我一下，药物种类、药量、服用方法，我帮您问一下第三方专家意见。唉，这个医嘱，您到底执行还是没执行？执行了多少？您不说实话，最好的专家也帮不到您啊！"

"我的药又找到了，我现在吃点，再躺躺，估计就能好。"

"降压药是要按时、按量吃的。说过无数次，不能自我感觉没症状了，就随便停药！"

"你别和我吼。我不理你了。我休息休息，如果还不好，我明天自己安排去医院，我不麻烦你，就算我没生没养你们仨。"

"您有呕吐,特别是喷射状呕吐,或者头痛,就打120,叫救护车。我可以安排车,送您去您的医保定点医院。希望您不要去我投资的医院,希望您不要搞特殊化,浪费医疗资源。上次您号称膝盖痛,瞒着我去我投资的医院,在单间里住着不出院,两周后我回国逼着您出院,您收到的花装满了一辆我的埃尔法车。希望您不要搞特殊化,否则我很难做人。"

"你别和我唠叨。我和你没关系。你投资的医院也是对外营业的,我自己能去。你放心,我自己能去,我也不去,让你投资失败!你如果当了卫生部长,中国所有的医院我还都不能去了?笑话!我去协和?也不行啊,你从那里毕业的啊。我去北京医院?也不行啊,喜欢你的那个小护士升成那里的护士长了啊。去北京别的三甲医院?我不认识人,我也不知道如何挂号,照CT也排不上,我去它那里干吗?别人认出了我是你妈,我也不能否认啊。你不是总说,做人要诚实?我要休息了,我不会麻烦你的,你也不要烦我了。"

听您的话,我又一次深深理解,一些好官员和好干部是怎么变成坏分子的。即使他们自己洁身自好,他们的父母、子女、亲朋好友、秘书、司机、保姆、警卫等也会一步步把他们逼向深渊。

看您在微信群里撑我的无穷干劲儿和清晰逻辑,我的判断是,有很大概率,您没什么大毛病,就是自作主张不吃降压药,血压没控制好。我给我的院长打了一个电话:"郭院长,我知道我妈有你电话,如果她打电话给你,哦,已经打过了。如果她来咱们医院,让她接受正常诊疗,把她当成普通患者对待,不要给她任何特殊化待遇。我拦不住她提过分要求,但是我争取能拦住你满足她过分的要求。"我接着给我的司机打了一个电话:"老妈说头晕,我估计没大问题,她如果是急症找你,你就带她去急诊。如果她让你送她看门诊,你也送吧。但是,记住两条:第一,让她自己付钱,你一分钱都不要出;第二,不要要求任何特殊化待遇,如果老妈要求,你争取拦住她。不行的话,随时给我来电话。"

我逐渐意识到,党纪和佛法在您这里都失效了,我还是把您当成另一个孩子对待吧。在世间,您有您混世的魔法,我也有我处理油腻的技术。放过把您往党纪、佛法上引,也就是放过了我自己。

放下电话,我用微信问我的一个朋友:"如何和老妈愉快相处?"他的答案是:"想什么呢!人类还没进化到那种程度。这是不可能的!"

哭闹得不到一切，也不该得到一切

> 一些了不起的人需要明白的道理是：
> 你即使尽了全力，即使做到最好，你
> 还是躲不开厌倦。

上次和中学同学见面，有些人已经不止十年没见。老胡原来是我的小组长，轮到我们小组打扫卫生的那天，他负责分配工作：谁扫地，谁擦地，谁倒垃圾。毕业之后，在我们班所有同学之中，老胡第一个从事金融工作，用钱挣钱，他对汇率和北京房价的判断永远比那些著名经济学家准确；他第一个结婚，找了一个长得像观音的姑娘；他第一个有孩子，是个男孩。老胡曾经非常得意地和我们说："我儿子非常壮实，五岁时就追着打我。"

这次中学同学在火锅店见面，我粗算了一下，老胡的儿子应该在二十岁左右了。我和老胡说："国家政策开放二孩了，你还不再要个孩子？"

老胡回答："不要了。太累了。儿子十九岁了，还追着打我，学习不好，我太累了。"

"儿子学习不好,你累什么啊?"

"儿子得抑郁症了,纯宅男,有社交恐惧症。他查看了全球一百多个大都市,认定这个地球上只有东京这个城市适合人类居住。他要我给他买一个房子,房子所在的楼不能超过两层,一层或两层高的独栋都可以,但是不能拿什么六层、七层的房子凑合。不去大阪,东京房价贵出大阪六倍,是有道理的。儿子说,如果在东京住习惯了,就满足父母和爷爷奶奶和姥爷姥姥的要求,在东京找个大学上。"

"你儿子能自己在东京生活?"

"儿子对于自己有切实的理解,他说了,他自己无法生活,他要求他妈去东京陪他。"

"如果你不答应他呢?不给他在东京买独栋屋,不让他妈,也就是你老婆,去东京陪他。"

"他就不上大学啊!甚至,他可能会去死啊。"

"那你为什么不能就让他去死呢?"

"精神科医生说,不能刺激他啊,他是个病人啊。"

聊到这个时候,火锅已经吃得很热闹了,一瓶茅台也快喝完了。我索性更坦诚一点,接着问老胡:"咱们理论上推演一下,如果你儿子五岁的时候追打你,你追打回去,让他知道世界其实是有某种秩序的,他现在还会追打你吗?如果你儿子十岁之前狂要的东西,你有理有据地拒绝，让他知道诸事无我，他现在还会逼你买东京的房子吗？"

"他上学时很苦，总是学习不好。爷爷奶奶把他安排到了北京最好的小学，然后是最好的中学。他一直在班上排名倒数第一，回家总是哭，我觉得应该多体谅他一点，多满足他一点，他太不容易了。他经受的这些痛苦，是你们这种学霸体会不到的。"

我忽然意识到，老胡同学在养孩子上犯了成年人常犯的两个错误：所谓生活上太多纵容，所谓事业上太过要求。

读《了不起的盖茨比》时，我脑中一直在想，一些了不起的年轻人（比如盖茨比）第一个需要明白的道理是：你即使尽了全力，即使有了全部运气，即使做到最好，你还是得不到你想要的一切，甚至一个女子，甚至一个夜晚的安宁。

延伸想，一些了不起的老人（不举例了，那些曾经占据杂志封面和报纸头条的）第一个需要明白的道理是：你即使尽了全力，即使有了全部的运气，即使做到最好，你还是躲不开厌倦。你很难像以前一样渴望和狂喜，在死亡迎接你之前，厌倦会陪伴你很久。

再延伸想，所有小孩子第一个需要明白的道理是：你不是世界的中心，哭闹得不到一切。

其实，父母应该做的第一点，就是让孩子们明白：你得不到你想要的一切，世界不是围绕你来旋转的，尽管你偶尔有这种错觉，但你最好平静接受这一点。

其实,父母应该做的第二点,就是和孩子们说好,不必成才。人生三个基本目标:不作恶,开心,自己养活自己。如果能达到,就是很好的一生了。

老胡同学说:"如果把这人生三个基本目标说给我儿子听,他会问我:'如果人生第一个基本目标和第二个基本目标产生矛盾,怎么办?如果我只有作恶才开心,怎么办?'"

任何瞬间都一定有一个最优答案

> 从来没有完美解决方案，但是任何瞬间都一定有一个最优答案。

我从 2020 年 7 月开始滞留伦敦。本来以为最多待一个月就回北京，内裤只带了三条，没想到，一待就待了小两年。

需要经常线下面对面的工作没了，相关的收入也没了，于是，我的焦虑症犯了。以后，在漫长的岁月里，酒钱从哪里来啊？我立刻想到，过去二十年，我业余写作，但是我写得不业余，在全职工作之余，我出版了二十本书，这些书都还活在市场上。只要书每月都在卖，我每月就都有版税，我完全可以把伦敦当成我的元宇宙宅基地，大门不出，大街不逛，"闲坐小窗读《周易》，不知春去几多时"。我的焦虑症好了。

2022 年 2 月底，大规模热战又在地球上重现，我的焦虑症又犯了：子弹不长眼，无常是常，现金流断，信息流断，如果我的版税在伦敦用不了了，我录的网课无法上传至国内，航班不开，我又走不了，我年过半百了，卖身也没人要了，五音依旧缺三，卖唱也会被人轰走，在漫长的岁月里，在伦敦，肉身还在，酒瘾还在，酒钱何处有啊？我陷入了深深的思考。

我学过八年医，做过十多年医疗管理。我在伦敦没行医执照，眼也花了，也二十五年没做临床了，我就不考行医执照了。但是，我可以做医生助理、护士助理，打打下手，偶尔对于他们的诊疗意见和操作手法提出一些合理化建议。如果医院管理层持续露怯，我也许还会给他们写封电子邮件，讲讲精益管理的可能。

我做过十年战略管理咨询。我的英文听说读写能力还在，商业智慧比做管理咨询顾问的时候还高了一个量级，早起晚睡的熬夜能力还在，我还可以重回管理咨询公司。即使没有领导岗位可做，我还可以做视觉助理，一边帮项目小组做 PPT，一边批评项目小组："故事线不够清晰，结构化不好，金字塔原则执行得一般，最后的结论也没真知灼见。当然，用图表说话也做得不好，纵轴和横轴表述含糊。"

我读过多年《易经》。我知道，管理是一生的日常，成事是一生的修行，很多人用不起麦肯锡，很多问题麦肯锡也解决不了。人类进化到人类之后，从来没有完美解决方案，但是任何瞬间都一定有一个最优答案。道家五术包括山、医、命、相、卜。我买件长袍子，我留个长头发，我找个路边，不用烧龟甲和兽骨，我还能用智能手机帮路人甲或路人乙卜一卦。

另外，孤峰顶上，再无上升之路。谁说世界一定要不停增长？人类个体也一样。生不带来，死不带去，谁说一定要有新的收入源？谁说不能吃老本？世道轮回，共克时艰，花点积蓄，卖点资产，也算自然。

另外，衣、食、住、行，生活的花销也有很大弹性，也可以削减很多。衣服，一辈子不买，也够穿了吧？饮食，多数地球人有规律地进食三餐是近两百年的事情，幕天席地，风餐露宿，每周轻断食，回归上古传统。住房，一个人平均一张床，十平方米，够了。出行，"鸡犬相闻，老死不相往来"，都元宇宙了，宅在家里不出去的世界更大，即使出去，脚力和公共交通所不及之处，可以算了。

另外，爱酒之外，也有一些花钱更少的替代。比如，看书。办个免费的公共图书馆读书卡，往天昏地暗去读，很快也是一辈子。比如，跑步。人体是个神奇的机器，跑起来，人体会产生很多激素，会让人体会到很多酒色之外的快活。

最后，即使忍不住不喝酒，也有些技术手段可以少花酒钱。比如，喝得慢点，微醺后就回去睡觉。比如，戒酒三天之后再喝，再便宜的酒或许都觉得好喝。

如果说，酒债寻常行处有，那么，酒钱也是寻常行处有。

不给别人添麻烦

> 尽管少年人有诸多"二"处,但"二"处如果都过去了,气吞万里如虎的劲儿也就没了。

可能因为是北京南城土著,在航空公司里,我一直最喜欢国航。国航虽然自带各种吐槽点,我又自带各种遗传自我老妈的毒舌基因,但是迄今为止,我没说过国航一次坏话。对于我,国航的好处非常明显:空姐比美联航的年轻很多,以北方口音为主,我的南城口音极少被歧视;空姐平均力气比我大,不用我着急做好事帮座位附近的其他女生把拉杆箱放到头顶行李架上。个别年岁和我相仿的空姐大姐姐早已经升了乘务长,在机舱,她们就是女皇,三观远比我强悍,每次我妄图吃两口就补觉的时候,大姐姐会好心呵止:"你说你不饿,你就不吃东西啦?你不好好吃东西怎么能有力气呢?没力气怎么能开会有效率呢?不吃怎么能长身体呢?先多吃几口,再睡,然后饭饱睡足下飞机。"因为有这些大姐姐在,我总能雄赳赳气昂昂地下飞机,以国为怀,以天地为逆旅,去开会,去为往圣继绝学。

也因为有这些大姐姐在，我总不怕身心被耗得太过，开完一切会，耗尽一切脑汁，只要挣扎着上了国航的飞机，还有这些大姐姐逼我吃东西，再满血复活。

所以自2000年到2010年，单算国航，飞了一百万公里，我成了国航第一批终身白金卡旅客。坐国航的时候，我偶尔听周围意气飞扬的年轻人相互聊起飞行里程，诸如"我再飞五年，如果不换工作，就是终白，对啦，你还差多少"，我常常感叹，"少年热血"，"少年心事当拏云"，尽管少年人有诸多"二"处，但这些"二"处如果都过去了，这种气吞万里如虎的劲儿也就没了。我从2012年开始用一款叫航旅纵横的App，到了2019年中，愕然发现，我又飞了一百万公里。在前半生里，毫无悬念，我睡得最多的地方是飞机，吃得最多的地方是飞机。我暗暗发誓，如果可能，尽管还会试着为往圣继绝学，但我余生不要再和飞机有这么多关系了，哪怕是国航。大姐姐们有她们老去的方式，我也有我的，希望不是继续和飞机纠缠。

2019年7月，国航出了个牛大姐事件：某乘客在飞机开始滑行之后依旧在打电话，某牛大姐强力禁止，再更强力禁止，此乘客关了手机后，大姐继续强力禁止。牛大姐号称航空监督员，过程中，国航其他小妹妹和小姐姐没能干预。

此事的是非曲直我没能全面了解（也很可能无法全面了解），所以无法评论。但是关于安静这件事，我有足够的经验和体会，可以先聊。

第一问：为什么很多人不遵守禁令，在飞机开始滑行之后还打电话？在我飞过的两百多万公里中，我遇见过很多这样的例子。我偶尔不得不旁听，绝大多数电话内容不涉及生死存亡，隔几个小时再打完全不会影响地球的安危。我不理解的是，为什么有明确规定的时候，又没有极其特殊的理由，一个人类个体不能遵守？

我试图依照"存在即合理"的假设去思考：如果作为一个人类个体认为相关法律法规有荒谬之处，为什么不直接去推动相关法律法规的修订，而是去违反它们？我似乎理解了一点，在这块土地上，完善法律法规或许很难成功，不遵守法律法规或许也很难遭到惩罚。

我的第二个问题来了：为什么很多人要给其他人添麻烦？在飞机机舱和火车车厢里打电话或者公放音视频或者通视频电话，非常明确地给周围人增加了噪声。周围人没有任何义务（或许和法律法规无关）去理解你的商业成就或者困境，也可能没有任何兴趣跟着你一起看某个网剧视频，更可能没有任何兴趣知道你视频电话对面的奶奶有多么爱你。

安静、干净是文明的开始，也是文明的终极构成。己所不欲，勿施于人。己所欲，没有他人的同意，也请勿施于人。

每次在公共空间，特别是机舱和车厢这样的封闭公共空间，听到大声的电话声或者音视频播放声，我总在心里慨叹："消停会儿，行不？"

我想到一个无可奈何的解决办法：我随身带个耳机，自己想享受音频、视频的时候戴上，自己不想听周围人的音频、视频的时候借给他们用。

不如来

冯唐

穿透时间的十则信条

天生是第一生产力，香槟如此，
写作也如此。

我 11 月初休假去了巴黎，刚落机场就被国内一些新媒体的文章吓了个半死，他们说巴黎已经陷落，因为穷苦大众不认同增加燃油税，起来闹事，巴黎只有红火焰，只有黄马甲，没有吃喝，而且黄马甲都是我们江浙一带做的，吃喝客都是我们"帝都"和"魔都"的同胞。

我睡了一觉之后，发现住处附近有座小山，天下着小雨，还是那个从机场接我的司机拉我去吃喝。我让他在我住的附近绕一下，我问问他附近的历史。他和我讲，我住的附近是蒙马特，原来的居民都是妓女和烂仔，现在都是文艺青年，他们喜欢喝酒和抽烟，时常有好的创意在附近出现。他还特意强调，在我嗅觉所及之地，不足百米，还有家毕加索生前常去的酒吧，他画过一幅著名的画——《狡兔酒吧》(At the Lapin Agile)。雨下得越来越大，我就不去狡兔酒吧了。在雨中，我在路边一个小酒馆叫了一瓶酒，两杯下肚，我似乎可以想象出毕加索情人的脸，在酒杯里从三维变到二维，这个二维的女生非常喜欢毕加索直男的一面。

第二天还是雨和黄马甲。门口有出租车司机听得懂我的英文，有勇气拉我去市中心喝酒，我也就没有理由拒绝。我用我在麦肯锡练就的听懂一切的英文、大饼卷一切的英文和穿黑衣、戴LV围巾的法国出租车司机交流，他说抗争和不满是法国生活的有机成分，和空气和红酒和"二货"一样常见，见惯不怪是应该有的态度。被别人怀疑怕事，对于土生土长的帝都南城混混来说是奇耻大辱，我说好吧，那咱们就去巴黎市区吧。

到了市区，我发现等着拍照的相机比黄马甲多，比红篝火多，交通比帝都还差。好餐馆都开着，店主和侍者们坦陈他们都是农民，店面都是他们主导装修的，墙上玫瑰花的色温都是他们集体讨论决定的，如果太乱，可以关门回家种田、种蔬菜，等天边的战火和野蛮人到来。尽管街面凌乱，但食色和美感的基本面，还是赞的。在乱世，认真吃喝、写字画画、救死扶伤都不容易。这种淡定是我们帝都和魔都的创业者没有的，如果问这些餐厅店主，一个月要烧多少钱、净现金流出多少，多数人答不出，似乎他们如佛祖，如同风口上的猪，理应被花香供养。

后来，巴黎越来越乱，作为一个外人，没必要静观以及和市民讨论功过成败以及是非荣辱，我租了一辆车去香槟区。

在唐培里侬酒庄，唐培里侬修士的私家教堂，我看到了他的痕迹。唐培里侬修士躺在他的教堂里，一块平躺的黑色石头标明他就在下面，一个黑衣女士在黑色的石头旁讲起他的故事：他是个教士，属于一个非常勤劳的教派，一日不作，一日不食，类似禅宗的临济宗。他一直酿酒，在葡萄很小的时候就知道应该如何折腾它们，慢慢地，他和它们成为一体。

作为后人，我看不到唐培里侬修士的身体，我看到肉身成灰之后以他的名字命名的香槟。我对于香槟一直有崇高的尊敬：哪怕再心烦、再郁闷，半瓶香槟下肚，人就会快活起来。

在以唐培里侬修士命名的酒庄，他或他的后人树立了酿香槟的十则信条。我仔细阅读，越读越觉得酿酒和写作有惊人而有趣的相似性。

1. Dom Perignon is always a vintage wine.（每一瓶唐培里侬都是年份葡萄酒。）

每个年份都是独一无二的。尽管我们无法知道某种力量具体是如何造成影响的，但是我们可以断定，太多的力量会影响酒的质量。一个作家，每年的心境也都不同，文字风格也会有自然的细微变化，写出的每本书也应该有不同的味道。每一瓶酒和每一本书，都应该反映一个时间段内众多力量的平衡。

2. Dom Perignon is always an assemblage.（每一瓶唐培里侬皆经过独

特调配而成。)

一个作家的每一部作品也是一样的,恒河沙,风后花,源自内心,不同凡响。

3. We create the assemblage of Dom Perignon blanc and rose with a perfect balance of black and white grapes. (唐培里侬白香槟及粉红香槟的调配带出黑、白葡萄之间完美的平衡。)

从写作看,作家写什么是天定的,写得好坏也是天定的,作家的任何挣扎也都是天定的。作家定的是:作为一个作家,当好天的媒介,听从内心的召唤,确定最该写什么,以及平衡在哪里。

4. We require the best grapes of Champagne. (只选用法国香槟区最好的葡萄。)

从写作看,作家每年或者每几年,要选自己觉得最好的题材,以自己觉得最合适的写法去写。

5. We are fully committed to respecting the terroir and the seasons. (对土壤及气候绝不妥协的尊重与承诺。)

作家不要把自己当成上帝,要把自己当成媒介,尽量变敏感,倾听风雨和时间,接受世间各种力量对于自身的影响。

6. Intensity must be based on precision. (张力来自精密度。)

在写作上,题材和技巧早已被前人穷尽,如今的写作者要像矿工一样深挖人性的黑暗与光明,神在细节间。如果写作只能有一个追求,那就去追求尽量准确的细节吧。

7. The truth of Dom Perignon is revealed on the palate.(唐培里侬的真相要靠味觉感知。)

一部小说、一部诗集、一部杂文也一样。如果想知道真的好处,把嘴闭上,甚至把脑子闭上,把记忆和智识中的各种感官打开,开始阅读。

8. Dom Perignon's complexity is based on a commitment to slow maturation.(唐培里侬的复杂感来自漫长的熟成。)

写作也一样。如果一个写作者没有足够的智慧和见识,别人凭什么要读他写的文章?即使某个作者有无上的天生慧根,但真正的智慧和见识也需要足够的时间和经历去打磨。

9. Dom Perignon's mineral character is a unique aromatic signature.(唐培里侬的矿物特性成就其独特醇香。)

天生是第一生产力,香槟如此,写作也如此。葡萄的风土和写作者的肉身、见识、学养,差异巨大,绝对不公平。在类似领域,老天从来没有公平过。

10. The Dom Perignon style is deeply distinctive.(唐培里侬的风格与众不同。)

如果写作者只能保护一样东西,那他应该去保护自己的风格。如果只读一页就知道是某个作者写的,那这个作者已经赢了。

以唐培里侬修士命名的酒庄从来不公布以他命名的香槟年产量。我做过多年管理咨询，估算市场大小是我的基本训练，一时技痒，在黑衣姑娘介绍的时候，我估算，唐培里侬在2018年的销量是十三万瓶。这个数字如果不对，请一笑了之；如果对，请修士不要逼迫你的后人问我是如何估算的。

　　祝修士地下安睡，地上酒满。

走,咱们一起去元宇宙

眼前的苟且变得轻如鸿毛,诗和远方
就在戴上 VR 头盔的下一个瞬间。

元宇宙忽然火了起来,2021 年成了元宇宙元年。

没事别出门,宅在家里成为最时尚的生存方式。地球不再是平的,心烦了,也不能说走就走,从香港飞伦敦,在特拉法加广场喂一小会儿鸽子,再坐下一班航班飞回香港,不耽误第二天在陆羽茶室和朋友们吃个早茶,然后去 IFC(国际金融中心)开会。只要思想不滑坡,办法总比问题多。我们一直在探索未知,开疆拓土,怎么能忍受已经习惯了的自由空间和生存方式被改变?既然不出门,我们就在门里面全面探索元宇宙,地域不再是致命限制,戴上 VR 头盔,脚下就是特拉法加广场,鸽子就在脚边咕咕叫,掰碎早餐剩下的面包,闻到面包的香味,更多鸽子飞过来,面包屑消失在鸽子们的嘴里,消失在元宇宙里。

如果由我来简单定义,元宇宙就是尚未被人类轻易感知到的宇宙,元宇宙技术就是让人类更方便感知元宇宙的手段。

从古至今，元宇宙其实一直存在，只是没有被人类充分感知。不能因为飞机还没被发明，在香港的人没飞到过伦敦，就否认特拉法加广场的存在。同样，也不能因为元宇宙技术还非常初步，就否认有比现在已知宇宙大无数倍的元宇宙存在。"春衫犹是，小蛮针线，曾湿西湖雨"，唐朝的小蛮不在宋朝的东坡身边，西湖不在身边，但是小蛮做的春衫，过去披在白居易身上，现在披在东坡身上。这件春衫就是古老的元宇宙技术，苏东坡披上这件春衫，西湖的雨就开始下起来，山外山，楼外楼，一碗明月一壶酒，春衫内是东坡的肉身，春衫上是小蛮伸过来不停抚摸的手。苏东坡这首《青玉案》也成了元宇宙技术，我读这首词，西湖的雨就在心里下起来，小蛮的头发就在雨里湿润起来。

原始的元宇宙工具除了上述的信物和文字，还有酒精、烟草、音乐、跳舞、针刺、做梦等。谁说记忆不是真实的存在？记忆不仅存在，而且像草木一样有生命。每次想起高中操场边上的白杨树，小蛮和西湖，每次都不完全相同。

未来的元宇宙工具当然会比这些原始元宇宙工具先进得多，眼、耳、鼻、舌、身、意，除了声、光、电的模拟，触觉、味觉、嗅觉的模拟也都有。地域限制被极大地消除，每个街角都可能是九又四分之三站台，戴上元宇宙头盔和手套，就坐上了通往元宇宙的快车。时间限制也被极大地消除，关公当然可以战秦琼，左手是白居易的小蛮，右手是苏东坡的朝云。

元宇宙五十年，2071年，街上任何一个行色匆匆的路人甲都可能是元宇宙里某个空间的酋长。眼前的苟且变得轻如鸿毛，诗和远方就在戴上VR头盔的下一个瞬间。2071年的世界和2021年的世界相比，就像2021年的手机和1971年的电话相比，丰富程度相差千万倍。2071年不是没有2071年的问题，巨大问题可能包括：元宇宙和线下国家的关系，元宇宙的法律、法规以及秩序维护，元宇宙的货币和金融，元宇宙里的道德律，等等。

我戴上我战略专家的帽子，畅想未来这元宇宙五十年的行业大势。

利好：海量计算和传输相关的硬件和软件（没有计算就没有虚拟），内容创意（没有魔法就没有魔法世界），仿生技术（小蛮和朝云的手不能是塑料质感的吧），能源生产（计算等要耗电啊），医疗健康（元宇宙那么丰富，人类更不想死了吧），住宅类房地产（宅的时间越来越多了，对住宅的要求自然也高了）。

利空：非核心地段的商业地产（逛街的人以及他们花在逛街上的时间越来越少了，需要见面开会的时候也越来越少了），线下娱乐（线上的乐子越来越多了），航空（在宅子里坐地飞行就挺美的了），服装（坐地飞行不需要很多行头）。

2014年，那时候还不知道元宇宙，我写了第六部长篇小说

《女神一号》（繁体字版为《素女经》），男主人公田小明用从深圳华强北采购的电脑硬件攒了一个情色机器人，代号是女神一号，写了个商业计划——《十亿人的完美性爱》，最后自己在女神一号里精尽而亡。现在想起来，这是一本预言元宇宙的科幻小说啊。2021年8月和10月，Facebook（脸书）还没更名为Meta（元），我和百度希壤在北京三里屯和杭州西湖各做了一场"色空"展，书画不再挂在墙上。戴上头盔，挥舞手柄，色空就满眼满身。

这一切只是刚刚开始。

我写诗的时候，总觉得有些句子就在我心湖的湖底，喝多了我就能沉入湖底，打捞诗句。我写小说的时候，总觉得这个小说就在我脑海的岩洞里，睡深了我就能潜入洞中，搬运篇章。不知道未来五十年的元宇宙技术的进步，能给我带来什么比酒精和睡梦更好的创作工具。

我非常期待。我想，总有一天，我们的灵魂会在元宇宙里永生，肉身不过是浮尘，只是让我们把灵魂泡入元宇宙的一袋茶包而已。

这次赢的可能还是人类

重新分配自己的能量，用余生做点 AI 硅基智慧还做不了的事。

2023 年春天的当下，人类和作为人类的我陷入了某种从未有过的焦虑，不是因为病毒，不是因为地缘政治，而是因为人工智能的全新突破。人工智能并不新鲜，但是以前呈现的人工智能似乎人工痕迹太重，智力水平在狗和猴子之间，有种呆萌之美。

这次似乎完全不一样，以 ChatGPT 4.0 为代表的人工智能工具收集、总结、归纳信息做得又快又好，在不少方面甩出普通人好几条街，在某些方面秒杀普通人。有史以来第一次，人工智能似乎真的有了高出普通人的智慧。

人们开始认真讨论哪些人类工作将会很快被人工智能替代，律师、会计师、插画师、放射学家等白领比建筑工人、餐厅领班、垃圾清扫员、城管等蓝领更加瑟瑟发抖。有些公司先行一步，开始在实际工作中积极运用人工智能工具。有些人，比如好莱坞编剧，已经上街抗议人工智能。

在麦肯锡工作时，一位年过八十还活跃在管理咨询一线的资深合伙人告诉我一个抗衰老的秘方，不是经常谈恋爱，不是长期交往一个二十多岁的女朋友，甚至不是坚持锻炼。他说："你要尽量使用最新、最流行的电子产品硬件和软件。"其实，在他告诉我这个秘方之前，我就是无意识地这么做的。我第一篇正式公开发表的文章不是情色小说，不是妇科肿瘤论文，而是《构建个人游戏网络》，那年是 1997 年，那年我二十六岁。

保持着类似的好奇和习惯，我注册申请了微软的新必应和百度的文心一言，成了第一批新人工智能的用户。

年过半百之后，在几个身份中，我最在乎的是诗人。我给人工智能提出的第一个任务就是写一首类似于"春水初生，春林初盛，春风十里不如你"的诗。我收到的结果如下：

　　春风十里不如你，花开满园春意浓。

　　蝴蝶翩跹舞花间，蜜蜂嗡嗡采花蜜。

　　湖水碧绿清澈见底，鸟儿欢唱和谐动听。

　　人间美景无处寻，唯有此地最宜人。

　　愿与你共度此生，相伴相依到白头。

我的一颗心放下了，至少是暂时。不能完全说，人工智能提供的不是诗，更确切的说法或许是，人工智能提供的是典型的差劲诗歌：平庸、无趣、套话、乾隆趣味。

在另外几个身份中，管理咨询是我吃饭的饭碗。我又很欠地让人工智能回答一些关于战略、组织架构和运营管理方面的问题。我收到答案之后认真看了，作为资深管理顾问，我不能说它们毫无用处，它们提供了在相关问题上最常见的思考框架。但是，深度也就止于此了，它还不能像训练有素的人类大脑一样，运用金线原理打深一层，再打深一层。"你的公司既面临机遇，又面临挑战，大胆起用新人，同时依靠老人，探索新产品，同时守住老产品的市场份额"之类的话，是在麦肯锡工作时上下一致要努力避免的。

"所有不可能错的话都是废话，尽全力不要说这类废话，不要浪费自己的时间，也不要侮辱客户的智商。"在某个加班到凌晨的夜晚，月明星稀，某个麦肯锡合伙人临走之前告诫我，"这类话可以出现在某些日报和某些晚报上，但是不能出现在我们的管理报告里。"

在漫长的历史上，人类似乎一直在追求技术上的突破，大踏步超越现存。每次出现重大技术突破之后，人类似乎都会恐慌。但是恐慌之后，人类似乎总能淡定下来，运用好新的技术突破，让世界更美好一点。核能没能摧毁人类，避孕套没让人类停止繁衍，东瀛成人爱情动作片没消灭爱情，互联网没消灭文学，电子计算器没消灭数学，方便面和预制菜没消灭米其林餐厅。这次也一样，人工智能消灭不了人类智慧。

人体里有兽性，有人性，有神性。如果人工机器因为重大技术突破在某些领域替代了人类，人类就重新定义自己活动的意义，就重新分配自己的能量。有了汽车和火车之后，跑马拉松就从通信手段变成了抵抗中年危机的手段；有了印刷厂和打印机之后，手书就从沟通手段变成了泡妞或者舒缓心灵的手段。

这半年，应用小样本学习（few-shot learning），结合自创的管理逻辑算法和我已经创造的小一千万字中文文本，我开发了首个管理咨询小程序——ChatFT，用小模型来解决垂直领域问题。ChatGPT 或许知道一切，但是 ChatFT 更懂管理，更冯唐。

我试着用了几次，嘿嘿，如果问题问得得当，几分钟生成的答案可以完胜绝大多数刚毕业的 MBA（工商管理硕士），达到麦肯锡初级管理顾问研究几天的水平。如果明年忙得过来，我试试，拎一个公文包，加上一个脑子、一支笔、一个本子、一个手机、一个 ChatFT，我一个人花三天时间处理一个现实世界里的复杂管理咨询案子。我现在客观的估计是，我能用在麦肯锡百分之一的时间、十分之一的成本，实现类似的管理咨询效果。

如果有一天，人工智能在没有人脑干预下写出 2100 年版本的商鞅变法，能不喝酒就写出"你我相爱就是为民除害"这种水平的诗歌，我就承认 AI 硅基智慧完胜人类碳基智慧，我就用余生做点

AI 硅基智慧还做不了的事：探索肉欲、耽迷酒肉，设计下一版人类中的神性，不知死之将至。

我觉得，在我有生之年，这种可能性不大。

"用力过猛"是欲望不对

冯唐答采访
"如何看待用力过猛"

在做管理之前,我就天生笃信"成事"学第一公理,就是我要把我这块料用到极致。哪怕我们不是管理者,我们也有这种天然的欲望,就是我要把资源利用最大化,把效率最大化。

第一,不见得每个人的能量都是一样的,每个人都有不同的天赋。很多时候人没有获得成功,是他没有把自己的最大能量发挥出来,浪费在了一些莫名其妙的地方。我的确太追求效率最大化,比如说我会蹲在卫生间给自己剃头,二十分钟就能搞定。从另外一个角度来说,我还不在乎我长得如何,不在乎我的发型好不好看。这是我想说的第一点:人类有一种天然的趋势,就是想把效率最大化,我把效率最大化用在自己身上,争取活得更丰盛。

第二,我倒是觉得"用力过猛"并不是针对把自己这块料用尽。我觉得把自己这块料用尽是件大好事,也是每个人应该追求的事情。哪怕你说我就喜欢发呆,我就把享受发呆这件事做到极致。我哥四十一岁就退休了，他到威海找了个地儿，面朝大海，天天发呆。你不要小看他，这不是特别容易的事。他虽然挣得不多，但是也尽量少花，他想发呆，就把发呆做到极致，我觉得这都谈不上"用力过猛"，这是应该有的追求。

反过来说，如果一件事本不该你做，但你非要去做，非用很大的力气做，我觉得这就是"用力过猛"。第一是尽人力，第二是知天命，就是老天没给你那碗饭，那个东西你不该追求，你不该有这个位置，你不该有这个奢望，就把这个砍掉。我理解的"用力过猛"是欲望不对，产生了妄念，也就是用力过当。

第三，我想说的是，事大于人。好多人出现"用力过猛"的原因是，他们太考虑自己了，结果就导致动作变形了。后来我老劝他们：别管别人怎么看，你们就关注你们的作品，把自己忘掉，别老想着自己。其实有时候我们看人"用力过猛"，一方面是他在追求他不该追求的东西；另一方面就是，哪怕这个东西是他该追求的，但是他在追求的过程中太在意自己了，没有享受追求的过程。

别活在自己的限制里

每个人都活在各种限制里，不自知。
谁能打破"元"限制，谁就到了新的
一层元宇宙。

在我写这篇文章的时候，"元立方"已经出生了，出生日期是 2021 年 12 月 27 日，出生地是百度开发者年会，版本是 0.1。它的名字叫元立方，它是我专为元宇宙创造的第一个艺术品，也可能是中国第一个元宇宙艺术品，它具有一些鲜明的元宇宙特点：可以迭代演进，我计划花一整年的时间把这版元立方进化到 1.0 版本；有生命，可以和观众互动，遇见特别美丽的女生，元立方可能会在一瞬间肿胀起来；没有地理限制，随时随地，都可以拿来把玩。

在脑子里酝酿元立方的概念时，我回想过去几年，脑子里一直盘旋着两个问题：我怎么就艺术了？我怎么就艺术地元宇宙了？

我对我的书道毫无信心。2017 年，一群文人朋友做了个"梦笔生花"当代语境中的文人艺术群展，拉我凑数，我硬着头皮写了"观花止"三个大字，竟然被人买了。2018 年，我和另外一个热爱妇女的中老年人荒木经惟在北京故宫东北角的嵩祝寺和智珠寺办了一个"书道不二"展，我用文字表达对于妇女的热爱，荒木经惟用摄影表达对于妇女的热爱，我们俩都用毛笔字表达对笔墨和生命的热爱。在东京见到荒木经惟，他问我："你长得这么帅，为什么还要写毛笔字啊？我要是你，我就天天去街上玩耍去啦。"我回答："我还是觉得毛笔字更好玩一些啊。"我对于我的艺术依旧毫无信心，甚至不敢称之为艺术，香港湾仔星街一家餐馆的服务员救了我，给了我最需要的信心。我结账签信用卡账单的时候，她站在我背后，不由自主地说："好靓啊。"我还以为她和荒木经惟一样喜欢我这种长相，抬头看了她一眼，她补了一句："签名的字好靓啊。"在那一刻，我对自己有了信心，长生天给了我艺术这口饭吃，我要把它从我的肉身里掏出来。我至今都很感激那个发自内心随口夸我的服务员，尽管再也没有见过她，她很可能也不知道我有多感激她。

在被餐馆服务员夸奖之后，我开始每半年开一个展览："冯唐乐园""宅"……2020年3月，万宝龙把我的硬笔字体做成万宝龙官方中文字体，签了十年的独家使用权。我甚至不局限于书道，我开始涂鸦，画大大小小的画，慢慢也攒够了一筐。2021年8月，我在北京三里屯开"色空"展，我想玩点不一样的，我问百度希壤要不要一起啊，百度希壤说好！ VR/AR（增强现实），创造看展新体验。8月在北京展完，10月在杭州西湖边又做了一场。

做"色空"展的时候,元宇宙还没开始在宇宙上空游荡,"色空"展结束后,Facebook 改名为 Meta,元宇宙开始到处可见。从某种意义上讲,"色空"展或许是中国第一个元宇宙艺术展。

10 月底,百度希壤的马杰找到我:"冯老师,12 月 27 日是百度开发者年会,您讲讲您如何艺术地'元宇宙'了,好不好?"

"好。我讲,对此事,我有表达欲。"

"您能不能专门为元宇宙创作一个作品?"

"这个我不敢答应,但是我尽力。如果在规定时间之前,我脑洞开了,就弄。如果脑洞开不了,我也没办法。"

从那天以后,我暗示我的脑子,"芝麻,芝麻,开门吧",我向来非常强悍的睡眠受到了严重破坏。我带着有些混沌的脑子走在伦敦斯隆大街上,忽然一阵冷风吹来,我侧脸避风,看到右手古董店的橱窗里有一个一寸见方的骰子。

"我知道了,有了,太好了!"我看到了我脑子里蹦出的那个东西。

那是一个极简的立方体。

我写六个简单的毛笔字:〇、一、无、元、宇、宙。三维六面立方体的每一面有一个字。

那是一个极具扩展性的立方体。

可极小,小如骰子;可极大,容纳一个人、一间茶室、一座庙、一个城市、一个宇宙。在元立方里，眼、耳、鼻、舌、身、意，都可能失去或者被加强。元立方的三维可以拓展到四维，甚至是十四维。在元立方里可以冥想、喝茶、打卦，睁开眼睛，元立方的六面上可能呈现不同的墨迹、颜色、云彩、诗歌。

我们地球人谁不是活在一个立方体里？每个人都是"井底之蛙"，活在各种限制里，不自知。谁能打破"元"限制，谁就到了新的一层元宇宙。

都是命。

上述创意还解决了困扰我多年的毛笔字立体化问题：解决的方法就是不做立体化，做元立方。

以上就是元立方的出生故事。

要眠即眠

以猫为师 冯宸

设好你的朋友圈，想变坏都难！

有这样的师友夹持，
虽懦夫亦有立志。

在我漫长的前半生中，我多次当众讲话：朗读作文、方案介绍、主题演讲等。我清楚记得我第一次当众讲话是在小学四年级，我的一篇作文被学校选成范文，作为奖励，我被要求站在操场前方正中间的主席台上，当着全校，以及周围居民楼群的父老乡亲，从头到尾朗读一遍。我快被吓尿了，我记不得是否真的有尿水流到大腿内侧，但是我记得在春寒料峭的北京室外，我后脖颈子汗出如浆，我记得我的小腿肚子颤抖地转到了前面，双侧腓肠肌和十个脚指头一起面对听众。

神奇的是，第一次当众讲话出现严重心理障碍后，我变得对当众讲话毫不畏惧了。没被吓死的，最后都成了悍匪。无论面对两个人还是两千人，无论是讲三分钟还是三小时，无论有PPT还是完全腹稿，从十岁到四十八岁，只要站到台上，我的内向和口吃就在瞬间消失，我口沫横飞，天花乱坠，气压全场，全身下台。

在我年近半百的时候，我接到一个邀请，我当众讲话的焦虑症又犯了：林进医生请我在 2019 年 9 月 10 日中午 12 点 15 分在协和医院，为协和书画协会讲坛做开坛演讲。

林进大夫是协和书画协会的会长，骨科大专家，二十多年前带我上了我人生的第一台手术，他主刀，我做手术助理。2018 年，他给我老妈做了右侧膝关节置换术。郎景和大夫是协和书画协会的名誉会长，妇产科大专家，曾经在很长一段时间是为中国六七亿妇女服务的唯一一个妇产科院士，在二十多年前是我的博士论文导师。

我对于我的毛笔字超级没信心，因为不是书法家协会体系。我和林大夫说："林老师啊，我的书法完全是野路子，非科班，非'二王'体系，您让我讲书法，很有可能被人笑话啊，还有可能带偏喜欢书画的协和小朋友们啊。黑我的人总爱说我自恋，我只是实事求是而已。您让我讲文学和管理，我会底气十足地讲。讲书法，我超级没信心啊。"

林大夫说："你写的书法非常有特点，我看了有感动，这就够了。此事不再商议，就这么定了。"

之后，就是平时半年不给我发一次微信的林大夫，一天多次地催问和确认细节。

"主旨演讲题目？"

"《书法是千万人的美人》，行吗？"

"太行啦。我问了郎大夫,他也觉得不错。就是它。我做你的主持,你讲一个小时。不来一点关键的 PPT 提示或图片?"

"我回归三十年前没有电脑时的传统,没 PPT,一个小时没问题,您放心。现场如果给我一个白板更好,没有也行。"

"好。那天上午我出门诊,四十个患者,我早点去,早点开始,全力争取在开场前赶到。你那天中饭怎么吃?我让他们给你打个盒饭还是让他们陪你在医院附近吃点?车比较难进,我让人在西门接你?不是老西门,是老西门往北一点的新西门。"

"您完全不用操心。中饭我自己解决。协和我熟悉,12 点 15 分开场,我 12 点前一定到会场。"

演讲前一天,平时一年不给我发一次微信的郎大夫,一天多次发来鼓励。

"得知你明天中午来演讲,很高兴!明天有手术,希望能赶上。怕迟到,刚刚拟了两个条幅,权作预支的话。祝好!郎。"

第一个条幅的内容是:作家把感动和崇拜积累,是上天或外星派来专门收获人们眼泪和鼓动共鸣的智者。医生把仁爱和慈悲奉献,是佛与神派来专门慰藉人们心灵和擦拭眼泪的善人。如若既是作家,又是医生,该如何?

第二个条幅的内容是:冯唐写作和讲演随性随情,更少功利与警觉,更多坦荡与执着。难能可贵!著名外交家资中筠说:中国人中文底子薄弱，不会产生深刻的思想。冯唐是深刻的。

我到会场的时候，郎大夫和林大夫也到了，一个里面穿紫色的手术服、外面套了白大衣；一个穿了出门诊的白大衣。第一次当众讲话的巨大恐惧感蓦然再次降临，吓死我了，我从小的确是被吓大的，未来我很可能是被吓死的。在我开口讲的一瞬间，多年来的严格训练效果开始显现，我很快开始口沫横飞，说得天花乱坠。

我一边讲一边望着在台下的林大夫和郎大夫，他们全程不看手机，认真听讲。我想，好的老师就是夹持你的人。"师"字，"帅"字上面一横。自己能带领，能统率，但是自己忍住不干，让学生干。有这样的师友夹持，虽懦夫亦有立志。通过求学和工作机缘，一个人的朋友圈慢慢设好了，一个人想变成坏人、想作恶，都难。

一声叹息，求真务实之难

> 自古以来讲究不撕破脸，心照不宣，
> 能油腻过去就油腻过去。

2003年，我临时需要买个生日礼物送人，机缘巧合下从一位大行家手里买了一对清中期的双龙戏珠青玉镯子，从此开始收藏古玉。后来因为爱茶，我开始买些宋、金、元茶盏用来喝茶，顺带买了一点点花器和香炉，如此开始领略古瓷器。再后来，重新拿起小学三年级就放下了的毛笔，我开始买些唐、宋砚台和笔洗、笔架山、笔筒，如此开始领略古文房。不知不觉，到如今，学习古美术、收集古美术、使用古美术的时间已经超过十五年了。

在中国古美术领域，我一直有个疑问：为什么国外总能偶尔出现了不起的大收藏家，而国内（特别是大陆）在1949年之后就几乎没有一个？国外甚至还能出现个别大收藏家，知识结构上毫无基础，在古美术上花的时间也很少，但是一出手就品位超群、像模像样，比如小洛克菲勒，比如赛克勒。

细细想来，如果不考虑物权模糊等体制机制的因素，最主要的原因还是国外有几个像坂本五郎这样的大古董商：卢芹斋、山中商会、埃斯肯纳茨、蓝理捷、安思远。另一个重要原因是信任：国外的大收藏家信任像坂本五郎这样的大古董商，信任他的美学高度，信任他的人品，给他足够的生意和利润维持他体面的生活和找顶级古美术作品的动力。在很多时候，这些收藏家以坂本五郎的眼为他们的眼，以他的见识为他们的见识，以他的判断为他们的判断。这些收藏家在这条捷径上坚持几年、十几年，想不成都难。

反观我们国内，这条符合简单常识的捷径似乎很少有人走，更少有人走通。玩家、藏家、专家、古董贩子、拍卖行、出版社等各有奇葩之处，牛鬼蛇神，山妖水怪，魑魅魍魉，名来利往。我过去十五年一直忙忙碌碌，极少在这个圈子里混，极其偶然地参加过一个良渚玉器的讨论会，因为只是一个充数的，所以左顾右盼，充满好奇。带我去的朋友问我观感，我说最大的印象是，会场里一边坐着文博系统的专家，一边坐着古董贩子，泾渭分明，绝不混坐。

古董贩子心里是看不起文博专家的，主要的吐槽点包括：脑子普遍不好使，早年进了考古或者文博专业的主要原因是高考成绩太差，学文进不了国际金融或者国际贸易，学理进不了生物、化学或者天体物理；号称什么品类都懂，其实只是熟悉一个品类而已，就算在这个品类，也只知道自己的馆藏，没仔细看过国内同品类的馆藏，国外的就更没机会深度接触，也好久没仔细学习了，新出版的专著都没看过；没有实战经验，尽管号称专业，但在古美术上没花过什么大钱，至少没花过自己的大钱，没搏上身家性命，就算对于自己天天能见到的馆藏，也没有动力往死里仔细看，仔细研究；没见过多少仿品和假货，一看到似是而非的东西就蒙，总体眼力一般般。

文博专家心里也是看不起古董贩子的，主要的吐槽点包括：原来的出身以中国文物大省的农民为主（陕西、山西、山东、河北、浙江、福建等），基本小学没毕业就开始走街串巷；混出来的以骗子为主，不骗，哪有那么多的东西可以买卖？北京华威桥附近大型古玩城有近十个，每个省会城市都至少有一个大型古玩城，哪有那么多真货？最著名的古董贩子和一线盗墓贼之间一定有千丝万缕的联系，只是暂时没被抓起来而已，否则为什么只有他们有那么多接近国宝的东西？

古美术收藏领域一直不禁骗，名声最盛的大拍卖行也不保真。我们自古以来讲究不撕破脸，心照不宣，能油腻过去就油腻过去。中国古美术收藏领域是骗子横行的重灾区，互相看不上的文博专家和古董贩子一起催熟了一届又一届的国宝帮。国宝帮的特点是：手上的东西特别多，少则满满一个保险柜，多则满满一栋楼；每件东西都透着牛气，要么是类似于某著名馆藏或者某著名图录的封面，要么是从来没见过的造型或雕工。如果你问，他们会讲出一个又一个神奇的故事，比如告诉你这件罕见的古玉来自传说中的王莽墓，王莽万事求新，他的陪葬玉也卓尔不群；即使式样普通，个头一定超级大，比如直径一米以上的碧玉C形龙或者直径半米以上的西周玉璧；购买的价格都相当便宜，背后的故事是某著名文博专家来自某著名遗址挖掘现场的私藏，某著名古董贩子资金链断裂之后割肉而出的镇宅之宝，"这么大，就算买个新仿的玉器，原料钱都不止这些"。

"这一屋子的东西，其中任何一件，如果是真的，一定是国宝。问题是，很可能没一件是。"

过去一个月，我断断续续读了坂本五郎先生的古美术生涯回忆录《一声千两》，让我不断想起我见到的国内古美术乱象，想到求真务实之难，一声叹息。无缘和先生面见，只能神交神往了。

眞

体力就是肉身。肉身需要管理。

肉身很贱。不做引体向上，就往下出溜；不上强度，就发虚，变胖，软绵绵；不设限，就要偷奸耍滑，出轨，犯错误。

成事是一生的修行。肉身不败，成事不殆，人间稳赢。

第二章

|肉身不坏，抵御一切妖风邪气|

肉身不坏，抵御一切妖风邪气

> 不论是人渣还是人杰，任何地球人一辈子花时间最多的事是睡眠。失身事小，失眠事大。

我用了肉身那么多年，很少和肉身说话。

虽然我生下来第一天就和肉身在一起，但是我很少意识到肉身的存在，也很少思考应该如何使用肉身。虽然我自幼体弱枯瘦，但是我很少生大病。我又怕麻烦，关于肉身的小麻烦，我忍忍就过去了，五十岁前除了两次喝酒洗胃和一次喝酒坠楼，没去医院照顾过肉身。青春期的时候，我开始感受到我和肉身的分裂，肉身嗞嗞作响，我和肉身还是天天在一起，但我像是骑着一头大毛怪。肉身带我去过一些地方，见过一些人，喝过一些酒，有过一些狂喜和伤心，做过一些傻事和蠢事。现在想起来，我毫不后悔。关于我和肉身在青春期和早中年的共同游历，我写在了一些小说和一些诗歌里。

现在细细想来，我一直对肉身不太好，念书的时候疯狂念书，干活儿的时候疯狂干活儿，休年假的时候疯狂写作，吃简单的食物，喝很多的水,喝很多的酒,几乎从不锻炼,经常牺牲睡眠。肉身没离我而去,也是肉身有情有义。

虽然我初中课程里有《生理卫生》,讲了男女有别,可是没有讲如何使用肉身。虽然我念了八年医学,学了各种疾病的生理基础和病理表现,可是也没有学到如何使用一个健康的肉身,包括我的肉身。

四十五岁后,肉身给了我两个警示——

第一,肉身基本指标出了问题。血脂高。这个,我还能归因于基因和原生家庭。我爸一直血脂高,他出生在印度尼西亚,住到十八岁之后才回国,他酷爱动手油炸食物和吃油炸食物。血压高。这个我怪不了我爸和我妈,他们一直血压低。我只能说,半生争强好胜,半生吃苦耐劳,还是对肉身造成了损害。

第二,肉身越来越经常产生厌倦。原来喝瓶劣酒就开心,看个女生就肿胀,听个梦想就飞翔,出本小说就兴奋不已。现在,我对这一切似乎司空见惯或者见惯不怪。但是,我还是我啊,我离开地球之前,还是想开心,肿胀和飞翔啊。

有问题就解决问题,即使不能完全解决,也比不解决好。我向还奋战在临床一线的师姐师妹师兄师弟们请教,总结出最重要的三条肉身管理要点,如今违反祖训,倾囊交代如下:

第一,饮食至重。相较于运动,饮食管理的功效占八成,运动的功效占二成。地球人饮食中的大问题是糖瘾和碳水瘾。建议轻断食。轻断食推荐三种：一六八断食法，就是一天三餐在八小时之内吃完，一天保持十六小时不吃东西；五二断食法，就是一周连续两天轻断食，这两天只吃一顿晚饭；一天一顿饭断食法，就是一周七天每天一顿晚饭。

第二，适度运动。一周五天，每天连续做三十分钟有氧运动，或者一周三天，每天连续做六十分钟有氧运动。又，每次运动前充分热身，每次运动后充分拉伸，保证两次运动之间的休息，抑制好胜心，不追求个人最好成绩，避免运动损伤。

第三，在意睡眠。不论是人渣还是人杰，任何地球人一辈子花时间最多的事是睡眠。失身事小，失眠事大。保持每天七到八小时的睡眠，过少和过多都不好。每天如果能睡三十分钟午觉，更好。

我尽量严格遵从以上三条肉身管理要点，三年之后，没吃药，血压正常了，血脂好些了，似乎也开心了很多。

当然，对于肉身，不同人有不同的态度。在我认识的活人之中，我有个朋友，读中文书最多，也最瘦。他五十公斤、一米七，BMI[1]只有十七点三。尽管他很少生病，但我还是担心他是不是有某些胃肠道问题。我常常有送他一个高端体检的冲动，他每每拒绝。

---

[1] 身体质量指数。

他的理由很简单:"即使有问题,我也不想知道。知道了之后,又不能马上死掉,难免担心,徒增烦恼。不去体检,就意识不到问题。"

"如果有一天,肉身的问题浮出水面了呢?"我问。

"那就是秋天啦,我这片叶子也该落了。"

想要见到一个多年后的我

从今天开始，一直坠入爱河，
如果我能做到。

我1971年5月13日出生于北京，金牛座，贪财，好色，有时贪财多于好色，有时好色多于贪财。君子爱财，取之有道。我没有对钱财的绝对渴望，又爱惜羽毛，所以迄今为止没挣到没数的钱财。王小波1952年5月13日出生于北京，和我一天，也是金牛座，是否贪财好色，不详。他1997年4月11日逝于北京，享年四十五岁。我2024年5月13日就五十三岁了，比王小波在地球上多待了八年。

时间作为一个维度，和空间的三个维度是不一样的。我总是觉得时间其实并不流动，不是孔子说的那条河，而是一个可以视同静止的湖泊。如果仔细看，我能看到这个湖泊的过去和未来，中间那些变化其实都不是变化，静止是绝对的，运动是相对的。所以，我从小就喜欢嘲笑时间，总觉得一个人一生中绝大多数重要的事情，要么很快知道和得到，要么永远不知道和得不到。我的文学偶像，包括王小波，绝大多数在五十岁之前就离开了地球。

石川啄木也是我的文学偶像之一，他写过如下一首短歌——

把只不过得到一个人的事，

作为大愿，

这是年少时的错误。

机缘巧合下，我四十九岁之后、五十岁之前，突然有了前半生没有的睡眠自由，可以睡到自然醒，听到窗外的雨声，继续不醒，可以像一个潜水员一样，像一个盗墓贼一样，潜入梦境的深处，爱待多久就待多久。我愕然发现，前半生各种记忆，层层叠叠，都在这个湖泊或是古墓的深处，一点都没丢，一天都没少。长生天在这个湖泊和古墓里的一切安排，都是最好的安排。战死沙场、马革裹尸也好，足不出户、自摸而亡也好，娶得美人归、耳鬓厮磨后厌倦也好，一句情话不说、一生思念也好，本一不二，湖水荡漾，"醉后不知天在水，满船清梦压星河"。

年少时觉得，得到一个人是所有的事。如今看，这似乎是个傻事，也似乎是个多么美好的事啊。中年时觉得，世界就是沙场，修身齐家治国平天下。如今看，这似乎是个傻事，也似乎是个多么美好的事啊。

二十年前，我写过一部长篇小说《十八岁给我一个姑娘》，我想，1949年，中国人的平均寿命是四十岁；现在，平均寿命接近八十岁，我如果能活到如今中国人的平均寿命，我对八十岁有什么期待呢？

长生天啊，十八岁给我一个姑娘，二十八岁给我一个寡妇，八十岁给我个什么？

在时间的湖底，我看到八十岁的自己，站的位置比我现在距离古墓近了一些。

描绘一下我希望的八十岁自己的样子吧：

"我希望，还能自己穿衣服和脱衣服，如果还能站着穿和站着脱就更好了；能自己食蔬食、饮水和饮酒，如果还能醉后不摔倒就更好了；能自己在一个房间里睡觉而不做噩梦，如果还能梦见前世、今生，以及来世中一些美好的人和事就更好了；能自己安排出门洲际旅行，如果还能去南极、北极和火星就更好了。

"在此基础上，基本做到人生最重要的两个原则：第一，自己的事情自己做；第二，不给别人添麻烦。

"如果再贪婪一点，我希望，还在持续买一点和穿一点四季轮回一样灿烂的新衣服，春水秋山一样的新衣服。还能用自己的牙齿吃饭，想吃点什么就吃点什么，想喝点酒就喝点酒，血糖和血脂不高，不用忍着，不用先吃药再吃东西和饮酒。有三四个常去的餐厅。老板娘或是老板见到我会笑,给我安排一个安静的桌子、常吃的菜和顺口的酒。还有三四个常吃喝的朋友,和云、雨、花、雪一样,见时欢喜,不见想念。睡的地方阳光充足,早上间或被阳光照醒,偶尔还能晨勃,仿佛阳光下的草木。还爱去住处旁边的公园里散步,睡得好的那些天,还能一口气慢跑十公里。还爱花钱,买和用最新的3C[1]产品和软件。还忍不住买点今生注定带不走的高古玉和高古瓷器,摸着就会快乐。还持续创造,还能写长篇小说和短歌。"

继续问我,如果想要见到这个样子的冯唐,从今天开始,要怎么做呢?

我想了想,说:

"一直读书,而且争取读进去,让自己的身心产生变化。读书是极好的事,不然就潦倒一辈子。读书是极好的事,不然就糊涂一辈子。读书是极好的事,不然就油腻一辈子。

"一直写作,自由表达,不自我审查。

"一直管住嘴、迈开腿,天天争取自己睡好。

"一直请我真喜欢的少数几个人,吃饭、饮酒、胡说八道。

"一直不退不休,在可见的限制条件下,做能做的事,哪怕是极小的事,哪怕是帮很遥远的年轻人,只要美好。一直创造,不对抗,

---

[1] 计算机、通信和消费电子三类数字化电子产品的简称。

不退让。一个人做不了的事，又外包不了，就不做了。否则，绝大多数人和事，会越缠越深，越缠越无趣。

"一直花钱，不要说自己已经有了一切。

"一直坠入爱河，如果我能做到。

"一直尝试感兴趣的新东西，如果不给别人添麻烦。

"一直努力忘记一切负能量：妒忌、贪婪、奢望、离别、厌恶、好胜、破坏欲、不达目的不罢休。"

诸恶莫做，众善奉行。天亮了，又赚了。

三十年后见。遥祝，相见欢。

管他⼏岁
青春万岁

一个"自恋狂魔"给自己的信

冯唐,性别男,
爱好——实事求是,特长——腿特长。

冯唐:

见信如晤。

我陪你的时间多了不少,我读别人议论你的文字也多了一些,我惊奇地发现,你是"妇科文学家",你是超简诗派创始人,你是油腻老祖,你是"直男癌晚期",而且,你还是一个"自恋狂魔"。

有些试图嘲笑和证明你是"自恋狂魔"的文字相当有创意,有些甚至能让我看第二遍还笑出声来,有些甚至谎称:如果在百度、谷歌等搜索引擎键入"冯唐"两字,下面自动出现的第一条备选词条是"冯唐自恋"。

自动出现"冯唐自恋",真是谎称。我在百度实际测试了,键入"冯唐"两字之后,下面自动出现的第一条备选词条是"冯唐北京三部曲"(作为一个作家,这一点让我非常欣慰)。看来,是时候给你写一封公开信了。一片坦诚,绝对真实,谈谈我对于你这个"自恋狂魔"的看法。

先抛出结论：你不是自夸，你只是不忌讳正面评价自己，只是不温良恭俭让。你不是自恋，你只是实事求是，只是喜欢智慧、慈悲和美。

你是"妇科文学家"。的确，你在协和医学院系统地学习了八年医学，毕业论文涉及卵巢癌产生的信号调节机制，博士还没毕业，作为第一作者，论文发表在《中华医学杂志》上。的确，毕业答辩时，评审主席当时问："如果你毕业不去美国，这个论文给你满分。"你说："我毕业去美国，去见识一下。"评审主席说："那就得减两分啦。"后来你的毕业论文就得了九十八分。的确，因为有对于医学的系统学习，你在小说里大量涉及人类生物属性的描写，个别长篇小说还填补了《金瓶梅》和《肉蒲团》之后漫长的空白。

你是超简诗派创始人。的确，我没读过比你的诗更简洁的诗。的确，你的短歌集《不三》是第一本中文奇数诗集（每首都是三行）。的确，21世纪之后，每年春天，草长莺飞的日子里，沿海地区最常见的一句诗就是海子的八个字——"面朝大海，春暖花开"，内陆地区最常见的一句诗就是你的七个字——"春风十里不如你"。的确，你还用这句诗冠名了由小说《北京，北京》改编的电视剧，你还授权将这句诗印在T恤衫上。

为什么不应该把诗歌印上T恤衫呢？为什么不应该穿着这样的

T恤衫在街上晃呢？一个时代的暗淡，是从嘲笑诗人开始的；一个时代的美好，是从有井水处就有诗歌吟唱开始的。

"春风十里扬州路，卷上珠帘总不如"被唐朝的杜牧写了，"春风十里不如你"就没必要写了？"黄花瘦肉汤"和"人比黄花瘦"能是一个意思？唐朝的李白写完"青天有月来几时，我今停杯一问之"，宋朝的苏轼就没有必要写"明月几时有，把酒问青天"了？

你是"油腻老祖"。的确，你在这个世界上常常感到"油腻"，你在2017年10月发表了《如何避免成为一个油腻的中年猥琐男》，然后你的手机被自己这篇文章刷屏了。的确，"油腻"成为2017年的年度词。的确，你写这篇文章的初衷不是自夸或者自恋，而是自省：在这样一个油腻的世界上，守住底线，遵守规则，留一点点风骨。的确，你也严格要求自己，年近半百，从体重开始，从身体开始，严格要求自己，身高一米八，体重六十公斤，三千米跑进十二分钟，达到清华大学本科生长跑优秀标准。

你是"直男癌晚期"。的确，你是直男，但是你热爱妇女，你甚至有妇女至上主义者倾向，你觉得女性是比男性更高等的生物，天生比男性接近正见。

传说"你每天晚上睡觉都被自己帅醒，夜起彷徨，尿完夜尿，对着镜子问自己：怎么办？"这是胡扯。我和你认识这么多年，你从来都是一觉到天明，半夜从来不起来撒尿。自出生以来，你对自己的长相毫无信心，三十岁之前，你所有女友没一个夸过一句"你帅"。

对了，后来我发现，"春风十里不如你"不仅印在 T 恤衫上，还印在保温杯上，还印在路边的标语和广告牌上，还印在建筑物上。有设计师姑娘觉得这一句诗不够，还突破性地设计了一款 T 恤衫，胸口的兜儿没了，兜儿被六片布代替，每片布上都是一首你的短诗。

好吧，我不是佛，你也不是佛，佛是过来人，我俩都是未来佛。在信的结尾，我就配合大家，低调一些，用如下一段简短的文字形容你——

"冯唐，性别男，爱好——实事求是，特长——腿特长。"

老爸教会我人间美好

> 老爸无声无息中教会我的人间美好,一点
> 不比老妈用成千上万吨的话教会我的少。

老爸,您在天堂最近还好不?

我的读者常常评论:"冯老师,您总是调侃您老妈,您很少说您老爸,似乎是个'妈宝男',似乎没爸爸。"

我的确有爸爸,的确不是"妈宝男",但是我的确很少说起老爸。这是为什么呢?

我认真思考之后,似乎明白了。老爸太安静了,静如处子。老爸和老妈是两个极端,老妈能把她的一具肉身活成一百头黑熊,坐在屋子一角的沙发上,我还是感觉屋子里同时有十个老妈在空中飞。老爸进屋待了大半天,我常常感觉不到屋里多了任何活物。

老爸一生无话,一天最多说三句话,下班之后,每天只做三件事:做饭、喝茶、看金庸和古龙的武侠小说。我每次回家,老爸都是默默给我泡杯茶,然后默默去厨房做饭,等会儿饭菜香从门缝飘出来,然后喊一声:"吃饭啦!"我如果很久没回去,回去之后,老

爸还是默默给我泡杯茶，然后默默去厨房做饭，只是老爸会哼些小时候学的歌儿，歌儿和饭菜香会一起从门缝飘出来。我知道，那是我回来让他开心啦。

老爸也走了快八年了。我想起安静的他，想想他用他的安静教会我的人生道理，惊奇地意识到，老爸无声无息中教会我的人间美好，一点不比老妈用成千上万吨的话教会我的少。

老爸让我喜欢上喝茶。

我记事以后一直到他离开地球，老爸从来没拥抱过我，我俩似乎没有过任何亲密的身体接触，他从来没和我说过"爱你""想你"之类的话，我也没和他说过。但是每次我回家，我叫老爸一声"爸"，老爸都会给我泡一杯茶，往我面前一放，一句话不说，转身去忙饭菜了。这杯茶，老爸没忘记过一次。

茶不是什么好茶，通常都是茉莉花茶，通常都很浓，可以续很多次水。

知茶近乎禅。一杯茶解决口渴，一顿饭解决饥饿，老爸完全不挑茶叶，不挑茶具，不挑水和火。喝了太久老爸给我泡的茶，我自然爱上了喝茶。到现在，每当端起一杯茶，我就会非常想念老爸。

老爸让我爱上自然。

我小时候，没有别的娱乐，为了打发无聊，只能看书。那个时候的夏天，家里连电扇都没有，我一边流汗一边看《资治通鉴》，看孙膑和庞涓，看苏秦和张仪，体会人性阴暗，毛骨悚然，也就凉快了。

那时候，我为了看书可以忍受一切，甚至忘记一切。老爸担心我把眼睛看坏了，但什么都不说。一到星期天，他就骑车带着我，去天坛，去龙潭湖，去东南护城河，看蜻蜓，看花花草草，看鱼虫鼠蚁，钓鱼，钓青蛙。他会耐心跟我说这个花叫什么，那个鱼叫什么，就是不和我说要注意保护眼睛。那个时候的龙潭湖公园不收门票，还有鱼市、鸟市、花市，卖各种各样的东西，老爸认识所有的花、所有的鸟、所有的鱼。我们家当时没有什么钱，接近赤贫，我也从来不要求买任何东西，但是我如果在某种鱼、某种鸟、某种花前面一直站着不愿意走，老爸总会买给我。后来，我发现了他的这个习惯，我就不在我喜欢的任何东西前面久站了。

老爸离开地球之后，我爱上跑步。我最常跑的路线还是他常常带我去玩的东南护城河，从京杭大运河的一段沿着护城河跑到天坛。北京是世上世界文化遗产最多的城市，一共七个，京杭大运河是其中一个，天坛也是其中一个。

每次跑步时，我都能想起老爸，不是想起，是遇见老爸，听见我俩在一起那些时候的声音，甚至闻到那些时候的味道。比如，夏天，忽然大雨，雨点砸向河岸，激起浮土，鼻子里重重的土味，仿佛那种土腥味很重的鲤鱼在周围飞翔。

如今，我烦了的时候，就去护城河跑十公里，去自然里，去想想老爸。

老爸还让我学会自在。

他身上似乎有种神奇的淡定。无论外面世界如何变化，老爸都能保持内心的安宁。我奶奶去世的时候，老爸也没哭。我哥和我妈吃一顿饭下来，要吃两片止痛药。我妈咆哮一世，老爸也没脑梗。无论人间有怎样的不平，无论他自己遭遇了什么不幸，他还是喝茶、做饭、看武侠小说。

后来，金庸封笔了。我问老爸："怎么办？"他说："再看一遍旧的。我看到结尾，早就忘了开头。"

我偷偷观察过很多次，老爸待着看武侠小说的地方一定是那个空间里最舒服的地方，通风最好，阳光最好。他似乎有种小动物的本能，对自在的、对美好的本能。老爸坐在某个地方，我在他旁边坐下，我总能感到不一样的自在和美好。

喝茶、自然、自在，谢谢老爸用不言之教，教会我这三件事。

我想念老爸。

老妈：生而为人，欲望满身

写到此时此刻，忽然想念，雨大如天。
我记得老妈的一切好处。

在地球人中间，在身边人中间，在我五十岁之前，老妈一直是我最不用担心的那个人。即使天塌下来，我相信，塌下来之前老妈一定还是能拉住一个比她个儿高的人笔直地站在身边。即使她遇上三个顶尖的骗子，我相信，他们的钱即使不被老妈骗去，他们的心也会被气出冠状动脉狭窄。

那是一个十年前的冬天，老妈和我说，有人要卖给她全球领先的全身经络理疗仪，可以零首付，还附送人身意外险和全球领先的足浴盆。

我说，骗子。

老妈还是去了他们的体验店，回来说挺爽，体验不错。

我说，骗子。

老妈说，凡事尝三尝，我再去几次，再说。

那个冬天过去了，海棠花开之前，我想起来老妈和她的全球领先全身经络理疗仪，我打电话问老妈："您后来买了吗？如果真喜欢，就买吧，心理安慰也是安慰，对身体也有好处。钱我出。"

老妈说："他们是骗子。你以为我傻啊，我是谁啊，我是你妈呀！我免费去第十三次之前，想起第十二次离开时他们的眼神儿，我就犹豫了。我担心我这次还去，他们很可能会把针对我的电压调高到工业用电的水平，我就再也见不到你了。"

除了我已经在构思写老妈的那个长篇小说《我妈骂过所有的街》，我还想写一个电影剧本。开场是这样的：广渠门外垂杨柳自视最高的四个骗子坐在垂杨柳中街牛肉面馆北侧楼洞里的一张麻将桌上，其中一个说"咱们这牌已经打到快天亮了，还是没有输赢。这样吧，我们不打了，重操旧业，去骗老头儿、老太太，二十四小时之后，再在这里碰头，谁骗到的最多，谁最牛"。

另外三个骗子异口同声说："好！"然后四个骗子趁着残留的夜色朝东、西、南、北四个方向隐去。

下面四场戏是，这四个骗子都倒霉，在二十四小时之内都遇上了老妈，然后，就没有然后了。

在地球上，在我前半生，我认识为数不多的三五个像老妈这样的人，都剽悍、大气、茂盛，让我深信，女娲、夸父、后羿这类人真的在地球上存在过，不是外星人，也不是无稽之谈。

但是，我五十岁之后，开始担心老妈，如今地球上我最担心的人就是老妈了。老妈过去八十年赖以生存的核心特质变成了她余生幸福的巨大障碍。

老妈习惯性欺负周围任何智商低于一百五的人类。老妈的钱只进不出。老妈能在一切局面里看到矛盾然后拼命搅和。老妈利用她能利用的一切（老妈把这称为拯救地球），什么都不扔。老妈没有任何长期计划。老妈痛恨一切保姆。老妈能不运动就不运动。老妈想吃啥就吃啥。

可是，老妈的肉身已经跟不上她这些根深蒂固的核心特质了。换了膝关节之后，迈不开腿和管不住嘴已经让她接近不能自理了。心肺功能已经下降到不能承受严重的感染了。依旧强悍的脑力、变本加厉的好胜心和挑事能力已经让很多身边人不能忍受和她在一起超过一个小时了。

一个能灭掉一切人类的人，比如老妈，在离不开人的时候，怎么办呢？

写到此时此刻，忽然想念，雨大如天。我记得老妈的一切好处。

老妈教我喝酒，喝多了如何还能不露怯，还能回到住处反锁上门再吐。老妈教我好胜，生为男生，不好胜，"How are you?"吗？老妈教我独立，我生无田食破砚。"儿子，你记住，你生下来除了一个鸡鸡，什么都没有，你只有靠你自己，你只好自己奔去。"老妈给我好胜、独立的底气。1998年夏天，我二十七岁时第一次坐飞机飞美国，临出门前她塞给我一个信封，里面有两千美金现金。老妈说："混不下去就买张机票飞回来，我在，我是你妈呀。"

老妈依旧好胜，但是已经喝不了大酒了，也越来越难独立生活了。综合考虑，万事难全，三观难改，我现在没法买一张机票回到她身边，然后围着她转呀转。

怎么办？我担心老妈。

要做自己的甲方、
爱的甲方

冯唐答采访"如何看待女性对恋爱的犹疑"

我很理解独处的人、不想恋爱的人。

以前是一个慢时代,一封信在路上走一个月,王宝钏苦守寒窑十八年,男鹦鹉要在女鹦鹉面前跳八圈胡旋舞。现在是一个快时代,外卖小哥在城市里穿梭,快递耽搁一天就投诉,恋爱中的人十分钟不回微信就想爆粗口。

在快时代,其实人挺累的,每个人都在奔跑,好像在赶最后一班地铁,外卖小哥累,快递员累,恋爱中的人和不恋爱的人都累。下了班,走出写字楼,回家刷个剧、打个游戏,对着小鲜肉发发花痴,简单又快乐——其实,这种简单又快乐的事,都是奢侈。

大家想一想:你的微信里有多少个工作群?每天有多少条信息是下午六点之后发的?仔细策划一场约会,顺利无碍地完成一场约会,从牵手到上床再到步入婚姻,这中间要关掉多少次手机?

如果不能关掉手机,那就换一种方式去恋爱。元宇宙已经来了,我想，用不了多少时间，就可以在元宇宙里约会了。

但是，我好想补充一句：在爱情中，约会、求爱，并不是必需的阶段。遇到有感觉的人，跳过这个阶段也无妨。爱是有多种形式的，也是有多种发生的可能性的，不要拘泥，不要受限，不要把自己变成等待方、乙方。要做自己的甲方、爱的甲方，打开大脑，打开身体，一步到床，快乐未央。减少空床期，人人有责。

最近一两年，"普信男"这个词大行其道，贬义，我倒觉着，女性应该加强自己的自信，尤其在男女交往、亲密关系中，要主动，不要被动；要做甲方，不要做乙方；要进攻，不要等待。不怕爱错，只怕不做。一生漫长，谁不会遇见几个渣男，这都是经验值，打怪才能升级。迪士尼的公主都已经主动出击去抓王子了，如果等待，王子就被女妖怪截和了。

用什么标准选个靠谱的男朋友

> 世界已经够无聊了,如果你不想在找男朋友这件事上再用理性的标准,适度回归动物本性。

在我漫长的前半生,我从来没交过男朋友,但是有好多女性问我如何选个靠谱的男朋友。我想,她们觉得我本身是男的,应该知道一些内幕;我年纪够大,应该有一些智慧;我原来做过长期管理咨询,应该有不可遏制的解决任何问题的冲动,以及结构化思维的训练。这些女性当中,有些是年轻漂亮的女生,我的基因编码告诉我,任何男生都是配不上她们的(当然包括我),我如何有动力认真思考让她们找到靠谱男朋友的议题?有些是风情万种的小姐姐,我的常识告诉我,她们早就有了诸多个人人生体验,在这个议题上试图给她们任何建设性的意见都是徒劳的,她们不找男朋友或者乱找男朋友,对于她们自身或者人类社会,很可能都是好事。

我只能假想我有个二十岁出头的女儿,她一头雾水,全身青春诱惑,如果她问我如何找个靠谱的男朋友,我该如何作答?

第一个想到的标准是东周时代孔丘推崇的六艺：礼、乐、射、御、书、数。知道礼数和进退，能带得出去，不容易沦为纯"二货"；会写诗和弹琴，无聊的时候可以自娱自乐，停电了也不怕；射得又准又远，估计体能不错，或许脱了上衣还能有六块腹肌；车开得好，不路怒，能带着女生到处玩耍；汉字写得好，审美不会太差；数算得清，懂 CAPM（资本资产定价）模型，不会太缺钱。

如果一个男的这六个方面都做得不错，应该也算是君子了。但是这毕竟是东周时代衡量男性的标准了，和现代生活距离有点远，会不会射箭和驾马车似乎不该占那么大的比重了。这六方面又有些过于强调平衡，六艺如果都做得很好，这人都可以做宰相了，当男朋友有些浪费或者无聊。

第二个想到的标准是唐朝甄选官员的四条标准：身、言、书、判。唐朝是个从容坦诚的朝代，好男儿都去当官，哪怕当官，第一标准还是长得帅和身材好，赏心悦目，老百姓喜闻乐见。第二标准是口头表达能力好，会说话，嘴甜。第三标准又是汉字写得好，看来书法在漫长的历史长河中的确重要。第四标准是公文判词，对世界有基本正确的判断，能想明白，能写清楚。

一千多年过去了，我个人觉得这是一个很靠谱的选择男朋友的标准，简洁而有效。如果一个男生面目姣好，身材妙曼，说话声音好听、内容还算有趣，你让他送你一个礼物：一封手写情书。如果字迹悦目，文章动心，又的确是他自己写的，这个男的大致就可以交往下去了。如果你怕情书内容狭窄，你就再考他一封手写议论文，比如让他谈谈中美贸易战、AI 如何加深人类的困境、人类如何在一百二十岁平均预期寿命的时代面对婚姻制度等。

第三个想到的标准是明代《金瓶梅》里王婆提出的：潘、驴、邓、小、闲。王婆说："大官人，你听我说。但凡挨光的两个字'最难'。……要五件事俱全，方才行的。第一，要潘安的貌；第二，要驴大行货；第三，要邓通般有钱；第四，要青春少小，就要绵里针一般软款忍耐；第五，要闲工夫。此五件，唤作'潘、驴、邓、小、闲'。都全了，此事便获得着。"用现代汉语翻译，就是：貌似潘安，天赋驴禀，超级有钱，伏低做小，有闲陪你。

这个标准可能产生严重误导。即使在《金瓶梅》的那个年代，这个标准也是指找情人。到了社会主义市场经济的如今，号称符合这五个标准的，一百个里有九十九个骗子。

世界已经够无聊了，如果不想在找男朋友这件事上再用理性的标准，适度回归动物本性，那就还有两种方法。一种是"Shoot & Aim"，先射击再瞄准，先相处一段，再做判断；另一种是回归直觉。问自己几个特别简单的问题：他能不能让你笑？能不能让你爽？能不能让你爱不释手？能不能让你朝思暮想？如果能，如果他也喜欢你，泡之，急急如敕令。

你好，衰老

> 容貌毕竟只是一个皮相，上半生用了
> 它的花开，下半生就接着用它的花落。

最近因为衰老，我捅了个大娄子。

三十二年前，我在北大生物系上医学预科。后来微信流行，北大生物系也有了一个群。群里的同学天各一方，分散在五大洲三十几个城市，肉身很少彼此相见，每天在群里不咸不淡地聊几句，不定期在 Zoom 上云聚会，稀稀拉拉十来个人参加。群里的同学们偶尔到一个大城市出差，偶尔约，三五个人聚聚，小吃小喝。

四周前，有同学在这个群里发出一张聚会的照片。照片上有五个人，据说都是我们同学，我一眼扫过去，只认出三个，仔细辨认，才认出另外两个。三十多年的岁月把大家的肉身捏得挺狠。

我不由得叹了一口气。时光，岁月，日子，流水一样，风一样，我们的肉身，流水冲刷下的石子儿一样，风吹拂下的树叶一样。

我再次细细看这张照片，非常难认出来的两个同学中，有一个是我们男生心目中绝对的班花、系花，在我心目中，甚至是当时全北大的校花。

我不由得又叹了一口气。那个班花当时确实漂亮，家世很好，20世纪90年代初期就住四室两厅的房子，而且学习很好，风轻云淡地坐在自习室念书，偶尔摸摸自己的头发，每次考试不是第一就是第二。

我叹气时，内心涌出很多与此相关的句子——

"日月忽其不淹兮，春与秋其代序。惟草木之零落兮，恐美人之迟暮。"

"逝水韶华去莫留，漫伤林下失风流。美人自古如名将，不许人间见白头。"

而且，虽然长辈们一直强调，腹有诗书气自华，但是，现实残酷，时间无情，流水不舍昼夜，虽有诗书藏在心，岁月依旧败美人。

从2022年1月开始，我每周二晚上10点在微信视频号平台上直播，类似我小时候喜欢的午夜闲聊类电台广播节目。我定的风格是，"三无"：无主题，无嘉宾，无流量。有点自己的书和音频课，爱买不买。"三有"：有"紫白凡"（我自己创的一个词，取紫禁城、白金汉宫、凡尔赛宫的第一个字，意思是不经意地吹牛。比如说，冯唐业余写作二十年，只是写得不业余），有侧颜杀（据说我的侧颜颜值高于正脸，"油腻老祖"又号南城金城武、伦敦梁朝伟），有老妈附体（我妈比我刻薄，我有时又想刻薄，但是又碍于诗书礼教，不好意思。在直播中，一旦遇上这样的情况，我就高呼"老妈附体"，然后就敞开了刻薄。在这个过程中，也积累素材，培养感觉，为写我第八部长篇小说做准备。第八部长篇小说的名字定啦，就叫《我妈骂过所有的街》)。

两周前，我周二晚上按时直播，直播前喝了口酒，微醺，直播时想起"虽有诗书藏在心，岁月依旧败美人"，有点伤感，就把在微信校友群里隔了三十多年看到照片这件事聊了聊，唏嘘了一下。直播之后，这段视频被观众剪成了小视频，在抖音、B站、微信视频号等短视频平台都有发布。后来，有至少三个同学和我私聊，说："你在几个不同的北大校友群里被很多女生责骂。"

我糊涂了，这不符合逻辑啊。长得普普通通甚至长得如猪八戒他二姨般的女生，意识到"岁月终究败美人"之后，应该开心才对啊！无论青春时如何一笑倾城，再笑倾国，到了青春期的尽头，到了绝经期，大家都一样了，"零落成泥碾作尘，只有香如故"。

一个智慧浓度很高的女生发过来微信："你真是纯直男，'二货'直男啊！莫笑少年江湖梦，谁不少年梦江湖！每个男生都认为自己是能逐鹿中原的英雄，包括猪八戒。每个女生都认为自己是倾国倾城的班花啊，包括猪八戒他二姨。"

我不由得叹了第三口气。人类真是不愿意面对真相啊，人类真好骗啊。"臣不知忌讳"，我能做到的是说真话，自己不删自己说的真话。不老、冻龄、逆生长都是一种相对的说法和幻觉，领异标新二月花有它的好，删繁就简三秋树也有它的好，花开时花开，花落时花落，都是命，都是美。

容貌毕竟只是一个皮相，上半生用了它的花开，下半生就接着用它的花落。

衰老，来就来吧，反正我也无法反抗。我不打针，不吃药。在抗衰老的道路上，我只做一件事：严格控制体重，把体重控制在大学毕业时的水平。

至于如何做到，下次再说。

忆昔日壮勇，叹欲火未遂

我是诗人啊，我不能没有酒，再戒酒，
我做人有愧啊。

"一天早晨，格里高尔·萨姆沙从不安的睡梦中醒来，发现自己躺在床上，变成了一只巨大的甲虫。"[1]

2019 年 12 月的一天早晨，我从不安的睡梦中醒来，发现自己躺在床上，左脚面外侧发麻，左脚踝和小腿外侧也发麻，右脚面外侧也发麻，左脚面外侧麻得最厉害。

最开始我以为是昨晚睡姿不好把某根大神经压麻了。这几天我在休年假，像以前那些年假一样，我疯狂补觉、读书、写小说。在这些年假的梦里，我不由自主地打腹稿，难免人我、禽兽、神鬼不分，三观凌乱，五蕴炽盛，梦魇有时把我肉身的某部分压住，人醒了，肉身的那部分还在麻麻的梦里。

我试图缓慢而积极地在屋子里溜达，活动开筋骨，梦魇之麻就

---

[1] 为卡夫卡小说《变形记》的开头。

会没有了吧？仿佛一边拉屎一边玩手机，时间长了，站起来之后双腿麻木，丧失行动能力，要扶着墙慢慢走几步，麻木才能消失，双腿才能行走自如。我扶着墙走了好几百步，我不扶墙又走了好几百步，双脚能行走自如，但是左脚面外侧还是麻麻的。

几天前，我刚刚拿到体检报告。四十岁前每年不想做体检，因为体检很可能没用，抽了无数管静脉血，所有指标结果都正常。四十五岁后每年也不想做体检，因为体检的结果往往是坏消息：原来不正常的指标很可能变得更坏，原来正常的指标这次可能变得不正常。

这次的报告结果又一次证明了这一趋势：轻度高血压，建议戒酒；高脂血症，建议戒酒；高同型半胱氨酸血症，建议戒酒；主动脉压偏高，建议戒酒；早期动脉硬化，建议戒酒；轻度脂肪肝，建议戒酒。

我同班同学名字里有个"太"字，毕业二十年之后成长为心内科专家。我打电话给他："陈太医啊，我不能没有酒啊！我已经很努力了，我体重已经降到大学毕业前的水平了，BMI只有十九，体脂不到百分之十三，十公里跑不到五十分钟。血压也降了一些，肝功能也正常了，但是血脂就是不降反升。我还是不想吃降脂药，我总觉得，人体复杂，用药物调整基本生理指标可能会产生一些意想不到的副作用。我还有一个理论，这些生理指标范围是给全人类用的，我不是全人类，我是个另类，很可能高血脂对我的心血管没有不良影响。我先不吃降血脂药，半年之后再观察。但是，更重要的是，我是诗人啊，我不能没有酒，我不能戒酒，人间至乐里面就剩一个酒了，再戒酒，我做人有愧啊。我才出了两本诗集，或许还有三百首埋藏在未来的脑海里，戒了酒，一首也挖不出来了，我不能没有酒啊。"

陈太医答："第一，你的甘油三酯高一点、低一点，问题不大，甘油三酯水平与饮食关系明显。第二，你现在需要关注的是低密度脂蛋白胆固醇，这个东西与动脉粥样硬化狭窄有关，与饮食关系相对小，主要与自身基因有关。你再看半年是可以的，半年时间影响不大，半年后看血管超声结果。第三，不存在身体已经耐受高胆固醇的说法。目前你的血管还行是因为你的年龄还不大，其他危险因素还不突出，但到底什么时间血管受损表现出来不知道，不要心存侥幸。第四，关于降脂治疗，我的想法是该到用药的时候就及时用药，早用早受益。这类药物使用人群现在非常广大，安全性没有问题。第五，科学研究表明，只要饮酒就有害处，但我个人认为适当饮酒（不酗酒）是可以接受的，最好别喝到吐。我也希望我同学里有个更伟大的诗人。"

在左眼眼花了之后没两个月，体检结果明确提示我需要戒酒。在我明确需要戒酒之后没两天，睡醒之后脚麻了。我打电话给我的骨科林进老师,描述我的脚麻症状。

林老师答:"应该是有骨突出压迫神经了,L4、L5、S1[1]的可能性大。这两周先不要长跑了,也别伏案写作了,多平躺休息,可以做点腰背肌运动。等急性期过了,还是要系统地训练一下核心肌群,来稳定脊柱。简单说,恭喜你,你和我一样,大家都到岁数了。'无媒径路草萧萧,自古云林远市朝。公道世间唯白发,贵人头上不曾饶',疼痛也不会饶过诗人,疼痛什么人都不会饶过。"

眼花,这辈子想读的书读不完了。高血脂,这辈子想喝的酒喝不完了。腰椎再出问题,跑步也不能放开跑了,小说也不能放开写了。读书、写作、饮酒、"丧"跑,中年和北京的秋天一样短到没有,四十岁后残存的"四大快活",不到五十岁就基本失去肉身支持了。

忆昔日壮勇,叹欲火未遂。时间之水是如此之浅,似乎几天前心性还在和性欲搏斗,几天后,性欲的威胁就让位给肉身的痛苦。

有花盛就有花残,生苦、老苦、病苦、死苦、爱别离苦、怨憎会苦、求不得苦、五蕴炽盛苦。既然陈太医和林老师都没有什么更好的办法,那么老了就老了呗,麻就麻呗。

---

[1] 指腰椎第四、五节,骶骨第一节之间的椎间盘向外突出。

欲望减弱
到达核心

爱情和岁数无关，和体能有关

冯唐答采访"不同年龄段的爱情不同在哪里"

对爱情的不同看法，和岁数无关，和体能有关。

十六岁时眼中心中的爱情，和二十岁时眼中心中的爱情，有差别。前者是朦胧的，冲动的，时刻备战中的；后者是灿烂的，激情的，沉溺的。

但二十岁和四十岁，看爱情实际上没有差别。二十岁和六十岁，也许有差别，也许没差别。关键不在于心，而在于肉，肉在心在爱就在，肉松软了，心就疲怠了，爱就没有了。

现在的人不谈论爱情，也许就是意识到了，可以谈论的爱情，都是悲伤的。爱，要体验，要做，要持续体验，持续做，要在爱之中，一直在。当它结束的时候，我们可以隐藏它，把它变成深海里的"我"；我们也可以谈论它，它不再是"我"，而是一个他者。卡佛说："所有这些，所有这些我们谈论的爱情，只不过是一种记忆罢了。甚至可能连记忆都不是。"

太悲伤了，负能量。但这是一个正能量的时代，朋友圈里都是花好月圆、岁月静好、静静地美着，传播负能量没朋友，会被删微信。这是时代的现实，挺可怕的，我不喜欢。当我们谈论爱情，当我们悲伤时，我们是"我"；当我们连爱情也不谈论、不体验、不爱时，我们只是房子、车子、票子，行尸走肉。爱很难，但要去爱。

我不认为这是一个"爱无能"的时代，我见过很多人，从十六岁到六十岁，爱得山崩地裂、死去活来。实际上，这些故事在我年轻的时候挺难看到的。这个时代，爱的发生更加多样化，密度更大，浓度也大。

另一方面，我想说："爱就是爱，只是爱。不是房子、车子，是否品德高尚，是否门当户对，是否有上进心，等等。房子、车子、品德、上进心，是婚姻需要考虑的。固然，有的爱会走入婚姻，但爱本身不是婚姻。爱上就爱上，爱过就爱过，不要想太多。解放思想，才能去爱。"

生命划过的痕迹

谁也不要嫌弃彼此,爱不释手,耳鬓厮磨,我们就这么着过吧。

我自幼有严重的划痕症,我读契诃夫的《套中人》,感同身受。老天就是把我生成了套中人啊,如果有条件,套上加套,一生严防划痕。

我越阅读,越同意好作家是天生的,包括天生的多病和书面文字感觉,也包括后天的领悟和命运多舛,国家不幸诗家幸。如果不是安史之乱,李白和杜甫也成不了中国古往今来排名第一、第二的诗人,一两声号叫,半个盛唐。

从我出第一部长篇小说《万物生长》开始,就有很多朋友明说或者暗示:"冯唐,你文字感觉很好,但是命太好、太顺,没吃过什么苦,所以不会有什么大成就。"我在管理咨询公司练过十年,我知道,观点对观点,无法分出对错。我在文学上是否有大成就,现在无法确定,不归现在活着的人定,归五百年之后的活人定。五百年之后,如果还有恋人在河边溜达,男的和女的说"春风十里不如你";如果在大学课堂里,还有年轻的医学生一边听教授讲《人体解剖》,一边偷偷看藏在两腿之间的《不二》,我在文学上就有大成就,否则就没有。

我现在可以确定的是,我受过很多苦。我不说,也很难说清楚,我的朋友们也不知道。比如,我从小过分敏感,对月伤心,见花想哭,恋爱的时候,空气、风、雨水、我的下半身和我的上半身都在伤害我。比如,我从小的划痕症,心理上总是拒绝无常是常,总是希望月长圆、花长好、美人永远如初相见。所以,从记事的时候开始,我哪有什么好日子,这不叫吃苦吗?

我的前半生是和划痕症不懈斗争的前半生,在漫长的斗争过程中,我创造和积累了好几种对付划痕症的方法。

第一,讲道理。我劝自己,好东西丢就丢了,不就是一个西周红玛瑙手串吗?不就是还配了一个清代羊脂玉的小猴子吗?丢了,就丢了。其实没丢,还在天地间,被其他人或者小动物捡走,也会被他们珍惜,福德多,福德多。丢都不怕,新生的残缺和划痕就更不是事了。天地皆残,何况物乎?在高倍放大镜下,所有东西都有划痕,都是伤!都是不完美的!人都是要死的,你也是,何必如此在乎一个东西上新添的划痕?不要让自己变成一个笑话!

第二,放一边。金圣叹三十三个"不亦快哉"之一:"佳瓷既损,必无完理。反复多看,徒乱人意。因宣付厨人作杂器充用,永不更令到眼。不亦快哉！"看来金圣叹也是我的病友，学习他的经验，那个东西上的划痕和残损受不了了，放到目光所不能及之处，送人！眼不见，心不烦！

第三，买好的。丢了一个，划了一个，实在不行，咬咬牙，再买一个，再买一个更好的！

松浦弥太郎写过一本《日日100》，我很早就读过，很喜欢他从容地恋物，我还买了好几本送朋友。我主讲一个读经典书籍的节目《冯唐讲书》，重读了他的《日日100》，注意到他的一句话，这句话几乎治愈了我的划痕症。

松浦弥太郎说："它们有的像亲密的老友，也有的像初识的伙伴儿。"

这句话平淡无奇，对于我却是醍醐灌顶：在我使用之后，所有器物上的划痕和伤残都是我和器物之间的爱情故事啊。都是生命的痕迹，都是时间的温度，都是我的印记！

那些划痕都是旧日的时光，留在器物上，包浆生动，宝光晶莹，随时可以讲起那些旧日的故事。这些故事似曾相识，花好月圆，永远不死。

"春衫犹是，小蛮针线，曾湿西湖雨。"春衫上的不是划痕，不是磨损，都是曾经活过的美好时光。

我身边的这些器物啊，今生，我们是一家，一个池子里的王八，人书俱老,物我皆残,谁也不要嫌弃彼此,爱不释手,耳鬓厮磨,我们就这么着过吧。

谢谢松浦弥太郎,简单一句,简单治愈了我的心理顽疾。

野有茶，吃茶去

> 人类也可以是草木禽兽：像花一样决定
> 全开还是坠落，像小熊一样滚来滚去。

有人问高僧："如何是佛祖西来意？"

某个老和尚在某个刹那回答："吃茶去。"

为什么要问"西来意"？想知道脱离无边苦海的快船是什么，在哪里，如何买船票，在船上都有什么注意事项。

那么，老和尚为什么回答说"吃茶去"？

我在伦敦住处附近逛悠，在一个街角看到一个露天的花店，面积挺大，绿绿的一片。店里花不多，顶着不同形状叶子的绿色植物有很多，花盆的土里插着标签，标明花的名字，另外还有一句含义丰富而模糊的话。

其中一张标签纸上是这么写的：如果你不忙，每天去野地里溜达十五分钟；如果你很忙，每天去野地里溜达一个小时。

常有人问我："冯老师，您的小说和诗歌都写的啥啊？您说您欠老天十部长篇小说，有那么多要说的话吗？您不是在麦肯锡待了很久吗？归纳总结能力应该很强才对啊！"

多数时候，我在现场有急智，能马上回答很多问题，显得很聪明。但是这个问题，属于我很难回答的极少数问题之一。

如果我能简单总结并直接回答这个问题，我为什么要黄卷青灯、皓首穷经、腰肌劳损地写那么多文字呢？我心里暗道："你以为我傻啊？"

"我写的是人性。"我深吸一口气，回答。

人家接着问："冯老师，人性是啥啊？"

这个问题，我思考过，我想我能回答："我心目中的人性就是残存兽性＋狭义人性＋缥缈神性。人类从禽兽进化而来，残存的兽性其实并不少，而且长期被压抑、被忽视。狭义人性就是吃喝嫖赌抽、坑蒙拐骗偷、打瞎子、骂哑巴、见利忘义、贪财好色，那些非常油腻的东西。神性就是那些不能用理性解释的，似乎违反肉身基因编码的，虽千万人吾往矣的东西。"

我一边回答，一边在想：这些年，我们人性中狭义人性的成分越来越重，纠结、纠缠、盘算、安排、计较、权衡，所以在2017年夏天出现了一篇我们都心有戚戚焉的文章——《如何避免成为一个油腻的中年猥琐男》。

狭义的人性不完整，狭义的人间不值得，怎么美好地唤醒人性中的兽性和神性？

老和尚说:"吃茶去。"

一个人,不多于两个人,吃茶去。放下手机,放下办公室,放下账本,放下情事,放下家事,吃茶去。

一个人,一盏茶,一块天空,一晌贪欢。世间草木皆美,茶也是草木,我们人类也可以是草木禽兽:像花一样半开在你面前,像小熊一样滚到你身边。然后,像花一样决定是全开还是坠落,像小熊一样反复在你面前滚来滚去。

孩子敢于做
而成人往往做不到的是:
不给万物命名,很快忘记,不在乎受伤。

如果还唤不醒肉身里的兽性和神性怎么办?喝野茶去。

每次拖着箱子,
离开酒店的房间,
觉得又死了一次。

在任何一株植物、一朵花、一片云里体现的智慧,都远远超乎你我今生的智慧。每株植物、每朵花都是亿万年的进化结晶,每片云、每阵雨都是无数力量平衡之后的结果。在花里，在野里，喝杯茶，不拜君王只拜花。

还唤不醒？喝野僧茶去。

佛，亻，弗，佛不是人。僧，亻，曾，僧曾是人。你我都是人，一切就皆有可能。

　　为了把你带到唇间，燃烧了

　　多少片海？

　　多少只船？

有茶真好，野有茶。

放下屠刀，暂时性立地成佛

> 世界不只是增长和屠龙，忙是心忙，
> 不忙之后，宛如新生。

这几年，整个人类社会仿佛踩了急刹车，刹得如此猛烈，地球被重新刹圆了，不再是平的了。一个人心里再烦闷，也无法从香港坐飞机飞到伦敦，在特拉法加广场喂个鸽子，然后飞回香港马上投入工作。

因为各种机缘巧合，我在 2020 年 7 月初飞到伦敦，下了飞机，的确去特拉法加广场附近吃了个中饭，看了个画展，然后就在伦敦飞不出去了。

从 7 月初到 12 月底，伦敦经历了两次封城，圣诞老人说，他也破天荒地不来了。时任伦敦市长的萨迪克·汗说，伦敦经历了"自第二次世界大战以来最糟糕的一年"。第二次世界大战刚结束时，我还没出生，更没在伦敦，所以无法评论萨迪克的判断。我可以判断的是，那年和我经历过的任何一年都不一样。我成长在改革开放的春风下，属于严格定义下的"改革一代"。自我有意识以来，每一年的社会主题都类似：开放，开放，更开放；增长，增长，再增长；发展，持续发展，持续快发展；挣钱，持续挣钱，持续多挣钱。每一年的个人主题也都类似：学习，学习，再学习；修炼，修炼，再修炼；见识，多长见识，持续多长见识；成事，持续成事，持续多成事。学完医学学管理，学完咨询学运营，学完当幕僚学创业，学完创业学投资。十年磨一剑，如今磨二十年了，我隐约觉得屠龙技学成了，隐约觉得也屠过个把龙了，后来病毒来了，忽然发现，没龙了，可能在看得见的二十年也没龙了，花二十年好不容易修炼成的屠龙技没用了。四五十岁，正是能打的时候，没仗可打了。十年一眨眼就过去，再过十年，我这一代人体力就跟不上了，就该退休了。

刘备哭诉说："备往常身不离鞍，髀肉皆散。今久不骑，髀里肉生。日月蹉跎，老将至矣，而功业不建，是以悲耳。"

这也是我当时最大的恐惧。而且，这个恐惧无法和外人分享。我在公园门口买个冰激凌，叹一口气，和冰激凌车上的小伙儿说："唉，如今世上无龙。"小伙儿给我的蛋卷里多加了一个冰激凌球："天色已晚，反正我也卖不出去了，多送你一球冰激凌，祝你找到你的龙。"

死宅着，相对闲着，也不是没有收获，其实，突破很多。

我学会了泡咖啡，滴漏和法压都会了。泡出来的咖啡，提升空间肯定巨大，但是秒杀我喝过的任何连锁咖啡店的咖啡。我过去泡茶总是超级难喝，再好的岩茶和普洱都能被我泡出一股浓浓的心不在焉的味道，仿佛好茶叶都知道我一门心思在思考屠龙。有一天我突发奇想，用法压咖啡壶泡岩茶，终于，茶汤没了那股心不在焉的味道。

我扔了旧跑鞋，买了双新跑鞋，在住处旁边的大公园里"丧"跑，打破了过去三年都没突破的个人纪录：三公里，十一分四十秒；五公里，二十一分一秒；十公里，四十二分十七秒。对于年近半百的我，估计这是我这辈子的个人最好成绩啦。

我学会了烤串，羊腿串和鸡翅串齐飞。在朋友的指导下，我明白了做好羊肉串的秘诀：羊肉要好，孜然要现磨。刚刚被磨碎的孜然撒在上好羊腿肉上，真是香啊。跑十公里之后，喝半瓶香槟之后，撸十串羊肉之后，如果还不开心，那还是人吗？

我写完了我的第七部小说《我爸认识所有的鱼》和《冯唐成事心法》。我惊喜地发现，我最担心的写作枯竭没有在伦敦期间出现。我忽然意识到，我的第一部小说《万物生长》就是在亚特兰大完成了主体。我这一代汉语作家可能是1949年以后第一批真正的世界作家，放在地球任何一个角落，温饱之后，都能写。

我的书道和涂鸦有了突破，拿墨汁和水涂鸦的小画受到专业画家真心夸奖。我惴惴不安，问："我完全没受过训练啊，怎么可能好？"

"不受训练挺好的。灵魂自由，手也自由。训练多了容易干枯。画画是心、脑、手一起的，手只占三分之一。"专业画家答。

我忽然意识到，过去三十年，我过分修炼了，过度工作了。停下来，闲一闲，脑子放空了，新的开悟才能更好地发生。世界不只是增长和屠龙，忙是心忙，不忙之后，宛如新生，放下屠龙刀，暂时性立地成佛。

我查看微信朋友圈记录，《智族GQ》杂志曾组织我们几个人畅言新年愿望，还录了视频。我又看了一遍这个视频：赵又廷说，他想随时休息；陈凯歌说，不想干就辞职；李宁说，喝啤酒，继续喝啤酒；我说，喝酒吧，喝很多酒啊。

我确定，没一个人在录新年愿望的时候会想到未来是这个样子。但是，神奇的是，大家的新年愿望似乎都实现了。我到伦敦之后，入乡随俗，担心深度抑郁，和丘吉尔学习，买了很多香槟，开心的时候喝，不开心的时候更喝。喝完了的空瓶子堆在开放式厨房的台面上，堆了四五排，堆满了厨房的台面，仿佛深山雨后堆满山谷的朽木，仿佛医学院宿舍堆满床下的啤酒瓶。新年夜之前，我决定清理，用了四个大垃圾袋，运了四次，每次装到我几乎拖不动。我概叹：伦敦垃圾袋的质量真好啊。我匡算：这六个月，大概喝了两百瓶酒，大概写了二十万字，平均一瓶酒一千字，稿费刚刚够酒钱。

有个好朋友问我："你新年有什么具体愿望吗？别说人类、疫苗、火星、基因编辑等大事情。"

我想了想，又想了想，回答："我想保持和去年基本一致的体重，BMI在十九以下。"

BEFORE COFFEE:
I HATE EVERYONE
咖啡之前，我恨世人

AFTER COFFEE:
I FEEL GOOD ABOUT HATING
EVERYONE
咖啡之后，我开心恨世人

入流生活清单

你从不谈钱。我谈价值。

我对英范儿最初的印象来自一部《跟我学》的英语教学片。那是 20 世纪 80 年代初的事了。片头是一个英国中年男,瘦高,穿了一套含马甲的三件套暗色西装,快步走上一座红砖楼的楼梯,冲着镜头一甩头,"Follow me.(跟上)"。我那时正在上小学前半截,正在迷恋伟大的汉语,学着李白对着月亮狂叫:"噫吁嚱,危乎高哉!"我没怎么跟着学英文,对于英范儿的印象止于:瘦高、三件套、红砖破楼。后来,西洋和东洋的爱情动作片涌进来,《跟我学》被拿去灌了那些更接地气的东西,英国三件套瘦子甩头"Follow me."之后的音视频就是那些男女之事了。

后来,我对英范儿的印象来自多部英国小说。那是 20 世纪 90 年代的事了。为中华之崛起而读书,我想读尽英美帝国主义的腐朽文学而批判、赶超之,在学医之余,拼命读英文长篇小说。读了四五十部之后,我深刻体会到,人是长在土地上的植物,一方水土养一方人,作家也是,国运即文运。美国是如今的世界首富,英国是上一个世界首富。读美国作家，总感到一股少年气，"少年心事当拏云"，哪怕是八十岁的亨利·米勒。读英国作家，总感到一股中年气，"如今是云散雪消、花残月缺"，哪怕是写得早、死得早的简·奥斯汀，核心词也是算计和嫁娶，和爱情动作没什么关系。劳伦斯、狄更斯、萨克雷、丘吉尔、麦克尤恩给我的英范儿核心是：年收入，年花销，阶层区隔，湿冷，规矩，淡定，性无奈。

再后来，我在香港工作和生活了二十年，对英范儿的印象来自这段忙碌的时光：法制和秩序，小政府，通常信任居民，但是发现违法重罚，人们总是排队，严格遵守时间，即使下雨，即使是中环，城市道路也不会被堵死；包容和圈层，尽管没有任何本土美食，但全世界各地的美食都有，几乎都及格，有的甚至能得九十分以上，但是各自在自己的圈层活动，几乎从不破圈；热爱马和跑马，热爱教育，自己知天命前后，放弃自己的今生，以教育的名义驱动自己的孩子拼命；宝马MINI、路虎、宾利、劳斯莱斯，啤酒和威士忌，足球、披头士和007。

从2020年下半年开始，因为滞留伦敦，我开始真正在英范儿里衣、食、住、行，发现了不少以前离岸感受不到的地方。比如，伦敦有世界大城市里最美的夏天，细雨斜阳，微微清凉，过去那么多年为什么没有任何人和我说过？包括伦敦人自己。比如，伦敦是世界大城市里的跑步胜地，冬天没有严寒，夏天没有炎热，一年中有八个多月可以穿薄羽绒服，低海拔，多公园，门票全免，多行人专用道，人车分流，一条泰晤士河贯穿整个城市，圣詹姆斯公园、格林公园、白金汉宫、海德公园在城市最中心连在一起，外周跑一圈，最美十公里。比如，伦敦是世界大城市里的睡觉胜地，小到中雨，说来就来，说走就走，21世纪的科技手段也不能准确预测明天的天气，听着雨声，睡到自然醒，醒后喝杯香槟，看会儿书，等雨声。

最近读到一个清单，列了四十个英范儿"入流"。我问一个在伦敦住了无数年的小姐姐："这个清单如何？"小姐姐直接回答："很稀松，不太入流，没有触及精致生活和贵族精神的本质。"

既然对英范儿已经有了那么多间接印象，既然在英国直接住了一阵，我就姑且对照一下这四十个"入流"，找找差距，决定未来是不是要想想办法弥补。

1. 你上过寄宿学校。

我上过。但是原因不是父母想把我培养成一个绅士，而是家里太挤，我想有个角落安静念书。

2. 你有古董和传家宝。

我从2001年开始买古董并日常使用。我妈从我记事起就开始往家里拿各种破烂，她说这一屋子破烂都是传家宝，很担心她离开地球之后，我和我哥、我姐，因为分配不均，打起来，伤了和气。

3. 你有酒窖。

我有。

4. 你有祖辈的油画。

我有。我妈找楼下的中央美院学生给她免费画了一幅。我质问她为什么占人家便宜，她说她没有，她送了人家两本我的签名书。

5. 你是私人俱乐部会员。

协和医学院校友会算吗？

6. 你从不谈钱。

我谈价值。

7. 你成年以后也叫父母"老爸""老妈"。

是的，不然叫啥？

8. 你有族徽。

我拿青田石仿赵之谦笔意刻了一个小佛，尖顶帽子、袍子、七瓣莲花座，当作微信头像，算不？

9. 你骑马。

我不。我骑过，摔下来过，再也没骑过。

10. 你举办过晚餐会。

我曾经经常举办，是工作的一部分。

11. 你会用刀叉。

我会，但是更爱用筷子。

12. 你有园丁。

我妈算吗？

13. 你管晚饭叫"super"。

我不。

14. 你有银餐具。

我还真有。

15. 你用纸信呼朋唤友。

我不，我用微信招呼，尽管我每周写三次毛笔字。

16. 你有家谱。

我妈坚称她祖上是孝庄文皇后，算吗？她还号称她祖上是跳大神儿的，出马仙，在内蒙古东部和辽宁西部有一号，算吗？

17. 你会打枪。

我还真会，我在正规陆军学院得过一百米半自动步枪慢射优秀（五发子弹四十九环）。

18. 你会滑雪。

我不。我滑过，第一次就摔了，就没第二次了。

19. 你穿花格呢子夹克。

我不。我还真没有。

20. 你管所有人叫"darling（亲）"。

我管所有陌生人称"您"。

21. 你玩槌球。

我不。我都不知道槌球是什么。我玩过弹球。

22. 你问："您在哪儿上学？"

我基本不。我怕别人觉得我在显摆自己的学校。

23. 你管香槟叫"champers"。

我不。我叫"汽水"。

24. 你管厕所叫"the loo"。

我不。我叫"茅房"。

25. 你开路虎卫士。

我不。我能不开车就不开车,什么车也不开。

26. 你穿旧的 Barbour 衣服。

我不。我没听过这个牌子。

27. 你懂拉丁文。

我不,除了极少数生物学和医学名词。我懂古汉语。

28. 你有很多装满书的书架。

我有。

29. 你吃鹧鸪和松鸡。

我吃。我更常吃卤煮。

30. 你用姓称呼朋友。

我不。我按他们想被称呼的名字称呼他们。

31. 你擅长"八卦"。

我不。但是我爱听。

32. 你有双姓。

我没。但是我有个笔名。

33. 你爱板球。

我不。

34. 你穿马甲。

我穿，常穿。我也叫它背心儿。写着写着就冷了，这时候，添件背心儿正好。

35. 你喜欢橄榄球而不是足球。

我不。我更喜欢足球，当过守门员。

36. 你说"napkin"而不是"serviette"。[1]

是的。

37. 你大笑。

我不。

38. 你有一个 Aga 牌烤箱。

我有。

39. 你喝散装茶而不是茶包。

是的。

40. 你穿长筒雨靴。

是的。

---

[1] 都可指餐巾纸。

完美是多么无趣的一件事啊

> 我怕簇新的、完美的一切：盛开的花，
> 很小很小的猫，第一次使用的手机，
> 最初的爱情。

我很早就注意到，我应该是有挺严重的划痕症。

我怕簇新的、完美的一切：盛开的花，刚开瓶的香槟，才从商场拎回来的衣服，满月，新车，很小很小的猫，第一次使用的手机，最初的爱情。我知道，盛开的花很快会呈现败相，刚开的香槟很快会喝完，新衣服会脏会被磨，满月马上会缺，新车马上被划，小小猫很快会失去呆萌开始叫春，新手机马上被摔，爱情因爱生怨、因缘生恨。

往人性的深里挖掘，怕簇新的、完美的一切，是怕失去，是希望美好的事情永恒，是贪得无厌。我最开始的自我心理建设是躲避：不看盛开的花，买两瓶香槟之后再开一瓶，尽量少买新衣服，假设满月不存在，延长换车周期或者索性买旧车，不养小猫，手机带套，尽量不开始新的爱情。

后来，我发现，时间是我们的朋友，适应和忘记是人类大脑减少伤害的机制。一个像我一样的写作者比较难以忘记，但是写作者也是人类，也会忘记，也会把一些刻骨铭心的时光清除出日常记忆，压进梦境，忘记了那朵花，那场醉，那眼满月，那段爱情。衣服可以扔掉，车可以保养，手机可以常换。

再后来，我意识到，接受甚至欣赏失去和不完美是某种接近终极的修炼，我就在内心开始修炼起来："留得枯荷听雨声"，残花败柳完胜花红柳绿；"衣上征尘杂酒痕，远游无处不消魂"，衣服上的破损就是时间的痕迹和阅世的见识；香槟喝完，爱情伤愈结疤，运气好的话，会有诗留下来。

于是，我的人生和修为正式进入了手机不带套的阶段。时间久了，飞鸟飞过，天空没有翅膀的印迹，我窃以为我已经自行治愈了划痕症。

7月底参加香港书展，我住在会展中心附近的酒店。早起，我打开窗，发现会展中心靠海那边修了多年的路终于通了！香港的一个伟大之处在于公共设施，比如它能把从上环到中环到湾仔临海最黄金的位置全部建成公共设施，一条沿海的跑步径几乎不被车辆打扰，在城市中心蜿蜒五公里，开放给所有市民和游客。这样的闹市中心海滨长廊，在我所知的世界范围内，我没见过第二个例子。

兴奋之余，我不顾没带跑鞋，拿胶底便鞋勉强凑合，换好短打扮，想去跑个香港港岛海边最美十公里。新通的海傍路上有层薄薄的细沙，我稍稍适应后，觉得问题不大，就提起了速度，贴地低空飞行。刚飞起来，鞋底一滑，肉身就飞出去了。飞行失败，右膝盖、右肘和砖石地面摩擦，大学毕业二十多年之后，我重新体会到了什么是血肉横飞。

我爬起来之后，第一反应是看左手上的古玉镯子碎没碎，"没碎"，然后感觉一下肉身，骨头应该没断，再看，血从右膝盖和右肘关节汩汩而出，不可断绝。有四个警察路过，其中一个非常和善地问我："你要不要纸巾？"我看了看周围，不远处就是政府大楼，我怕警察同志以为我是闹事暴徒，马上回答："我只是跑步不小心摔了，我酒店就在附近，我回去处理一下就好。"

警察同志稍稍走远之后，我开始往回一瘸一拐地走向酒店。我感觉到血还在右上肢和下肢流，我没功夫搭理，我的注意力全在左手的古玉镯子上，阳光下，细细看，还是新添了一处小磕痕。镯子五千年前是个良渚单节素面玉琮，一千年前的宋代在素面上添了十二个篆字，两年前从一个台湾老藏家手里到了我手里，如今贴地飞行失败，在一侧添了一处小磕。

我一边暗暗反复抚摩着这处小磕，似乎小磕处有血流出，一边拼命做心理建设："好幸运啊，这个玉镯为你挡了一灾。没事啦。就算是日常使用的必然耗损啦。没事啦，天地皆残，何况物乎？零落残缺是更高级的侘寂之美，仿佛残荷。完美是多么无趣啊，多么无聊啊！此磕是我给这只玉镯留下的我的个体痕迹。万物皆有裂隙，那是光照进来的地方。如果之后还是看着别扭，就去金缮。"

想着想着，我忽然意识到，我的划痕症完全谈不上痊愈。划痕症尚如此，心性上更大的那些毛病呢？"书到今生读已迟"，或许，对于心性的修行也一样。呵呵。

真的活着活着就老了

眼花误事，我还有那么多智慧没亲
近，就失去了获取信息的视力。

我以前，写过两次"活着活着就老了"，那两次都是畅想少壮努力、老大享福，在暮色苍茫的北京街头，无所事事地、毫无目的地、充满安全感地嘚瑟。其实，写的时候，为赋新词强说愁，国家还有开发不完的潜力，我还有使不完的力气，身边的人还没一个衰老病死，"老"和我有什么关系？

上个月赴酒局，我和三个认识近二十年的老哥，在帝都吃港式火锅。我有一个亲哥和一个亲姐，一个大我九岁，一个大我六岁。所以在我自己长大的过程中，我习惯性地和大我近十岁的人走得近。我想看到我十年后的样子，提前做些生理和心理的准备。这些老哥通常和我没有任何正经事，我们在一起没什么心理负担，以吐槽天地、说怪话为主要活动，吐说多了，有益身心。

这次酒局震撼了我，让我觉得，人有生，必有死，人有年轻时，必有老去日，真的活着活着就老了。

第一个老哥是改革开放后最初去美国念MBA的中国人之一，第一批从斯坦福大学毕业，第一批回国，第一批去了一家广东的私企，做了某个私企大老板的二把手，曾经在法国帮这个大老板买了一家巨大的公司。他在我事业的上升期偶尔找我喝酒，有一次明确和我讲，他要退休，要退回自然和人文环境都非常恶劣的北京了却残生，他那时还不到五十岁。这次酒局，他带很好喝的威士忌和红酒，一边倒酒一边和我说："几个月前，某个猎头打来电话，说：'您歇了五年了，如今有个机会，如果您再不重新工作，工作这件事就彻底和您无关了。'"我问他："后来呢？"他说："无关就无关吧，本来就没期望留下什么痕迹，一花一时香，常年贴在墙上不掉下来的是标语。"他倒酒的手一直在抖，我问他怎么回事。他说："不是帕金森病，是某种无名颤抖，有治标的药，吃了之后四个小时不抖，四个小时之后又开始抖。老婆劝戒酒，但是，吃喝嫖赌抽，我不吃不嫖不赌不抽，如果喝都戒了，那和八戒就太接近了，不要啊。"

第二个老哥是啤酒仙人，还写过一本关于他和啤酒生死之恋的书。过去二十年，几十个酒局，我没见他喝啤酒醉过，他自己喝完的二十几个空啤酒瓶子摆在他面前，他臊眉耷眼地内心骄傲着。他喝开心了，最多飞腾上酒桌桌面，高声吟诵先贤的诗句或者高声唱国际歌。这次，他来晚了，进来之后，大喊："服务员，给我来一盆热水，热四瓶啤酒。"然后和我们解释原因："胃不行了，胃不行了，胃不行了。"

第三个老哥是他著名爸的儿子兼秘书，是他著名哥的弟弟，是我见过酒量最好的人。我一直告诉他，五百年后读他关于古玉和古瓷的文字的人很可能多过读他著名爸爸和哥哥文字的人，他一直拒绝相信。在我认识他的二十年里，他一直非常用功地吃饭和喝酒，每次约晚饭，他都提前半小时到，然后热情地招呼每一个后来的人，然后喝光桌子上每一瓶酒中的最后一滴酒。我和他吃饭，从来比他晚到，比他早走。每次不到八点，他就轰我走，一边轰我，一边和旁边的人解释，"他还要开电话会，和美国有时差，于国于民，非常重要"，轰走我之后，自己喝到至少十一点。这次，他也来晚了，来得比我晚，席间还像一个干部一样串场，在火锅店里频频敬酒，刚刚过了八点，就和我说："天光已晚，我们散了吧。"

酒局散了之后，我坐在车上，先用一只左眼，再用一只右眼，看街灯、街上残存的招牌，发现眼睛真花了，对焦困难，回到住处，看了几眼纸书，眼睛累得很。我对于不能阅读的恐惧远远超过对阳痿的恐惧，阳痿消事，眼花误事，我还有那么多书没读，还有那么多智慧没亲近，就失去了获取信息的视力。

但是，怕有什么用，岁月又饶过谁？这次，似乎真的，真的活着活着就老了。从明天起，面朝大海，学学盲文，摸索过余生。

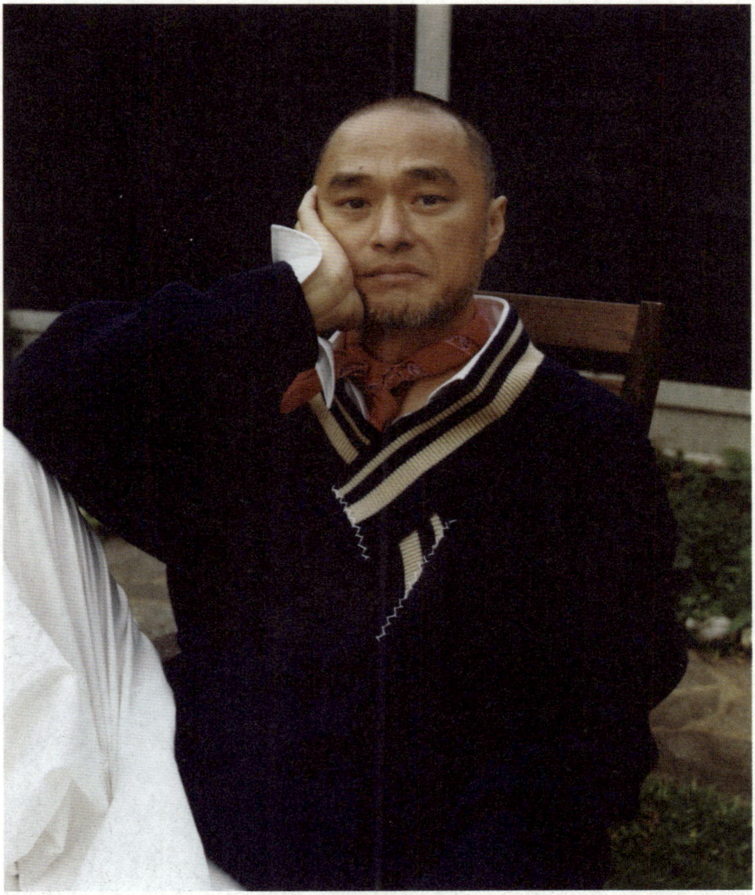

野有茶

倘若人性不完整，倘若人间不值得，怎么美好地唤醒人性中的兽性和神性？

喝茶去。一个人，不好二个人，喝茶去。放下手机，放下办公室，放下烦事，喝茶去。一个人，一壶茶，一啜食欲。

世间早已留美，茶也是草木，我们也似是草木禽兽。像草一样神在你面前，像小熊一样撑到你身边。

还喝不醒？喝野有茶去。

在任何一棵植物，一朵花，一片玄思里体验到智慧，而远超乎你我今生的智慧。在旷野在野息，喝杯茶，又抖落一袋种籽。

还喝不醒？喝野僧茶去。

节有茶

狭义的人性不完整，狭义的

唤醒人性中的兽性和神性

喝茶去。一个人，又多了

办公室，放下烦事，喝茶

世间草木皆美，茶也是草木

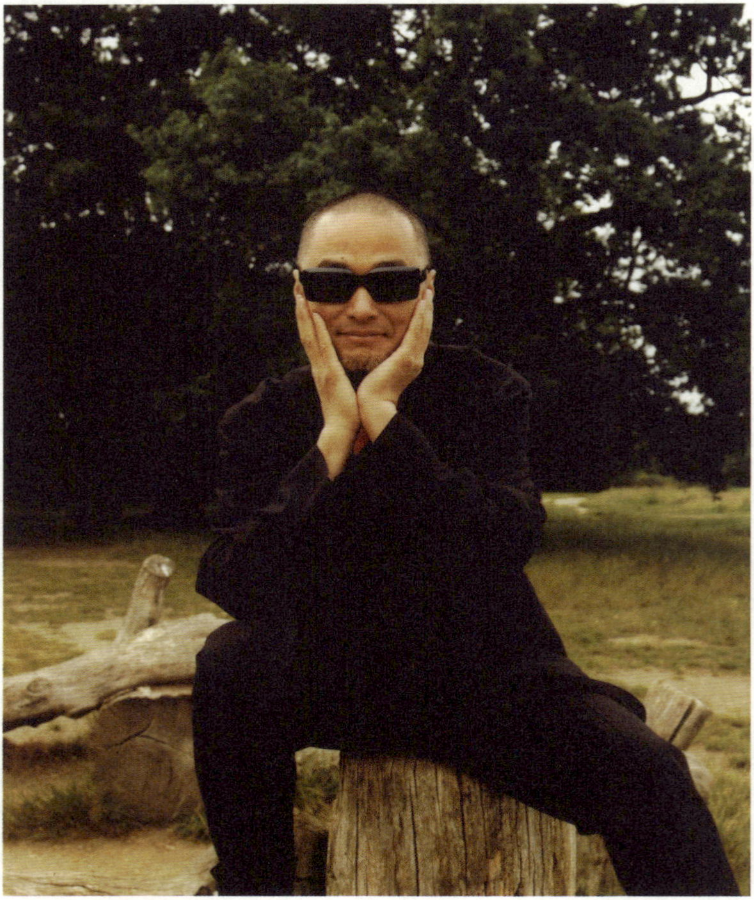

感到灵魂油腻的七个瞬间

他能更高些的时候他尿了
他模仿瘸子走路
他在难和易之间，选了容易
他做错了，他安慰自己这是一个世人皆犯的错误
他安于软弱，他觉得耐心也是一种力量
他厌恶一种面孔，但是不知那也是他的一面
他唱了赞歌，认定这是一种美德

纪伯伦英诗
冯唐汉译

body

睡眠

每天准时睡 8 小时

Pm11 之后不碰手机 / 烦心工作

背诗睡觉

运动

不多，每周 2-3 次 10 公里跑

偷闲走走

吃喝

BMI < 19

茶酒咖啡

饿狠了吃东西真开心啊

mind

静坐

冥想对我没用，喝酒就好
调息对我没用，喝茶就好

内观

记札记

享受真正独处时光

远瞩

每天早起想点美事
说出感恩
做人留一线，说话不说绝

spirit

使命

为天地立心时间，为往圣继绝学

身边猛将如云

充电

保持一个专业爱好

和对的人对酒吹牛，闲逛骂街

链结

亲近亲人每天、每周、每月

野合万事兴

日行一善

生而为人，买的是一张单程票

没娶到朝思暮想的校花，或许才是老天
更好的安排。

佛说，人有八苦：生苦、老苦、病苦、死苦、爱别离苦、怨憎会苦、求不得苦、五蕴炽盛苦。

生而为人，每种苦都不好受。对于我，前七种还稍好些，第八种，躲无可躲，解无可解。

生而为人，买的是一张单程票，生老病死，谁都逃不掉，谁都无法回头，所以只好认命。我最担心的是圆寂技术掌握得不熟练，死的时候太痛，但是我认识好几个麻醉科的小姐姐，她们应该能在我死前的关键时刻帮到我。

爱别离，也还好。每年，北京最美的海棠花在清明前后开放，花期也就是两周，然后就随风雨零落，极其喜爱的其他事物、其他人，也一样。

怨憎会，更容易处理些，不见就是了，不巧遇见，扭头就走。

求不得，就不求了。没娶到朝思暮想的校花，或许才是老天更好的安排。不经受柴米油盐酱醋茶的摧残，幻象还在，内心的肿胀一直美滋滋地持续到生命尽头。

五蕴炽盛，眼、耳、鼻、舌、身、意，种种色，醒着，雨就一直下着，睡了，雨也下进梦里，一直下着，先是听见雨打树叶，声音越来越响，后来就听见月光打树叶，声音越来越响。

女色，雨色，雪色，天色，夜色，色色嘹亮。好处是，写文章有用不完的细节；坏处是，真苦啊，"似此星辰非昨夜，为谁风露立中宵"。

高考时我报了医学院，学了妇产科。我的初心是，科学地、生老病死地见了很多女色，我就能对女色不感兴趣了吧？我就能脱离女色之苦了吧？我如果连女色之苦都能脱离，其他五蕴炽盛的苦也就容易脱离了吧？

我学了八年医，我的初心没能得逞。

海明威说过写完就完了。我尝试了另外一种脱离五蕴炽盛的方式，我开始写小说，正面面对女色，以及其他种种色。写到第六部长篇小说的时候，活到四十五岁的时候，我发现，写小说的确有效果，我没苦死，没疯掉，也没在尘世做出太多丧尽天良的事。我又发现，写小说不能化解全部五蕴炽盛的苦，远远不能，写毛笔字和涂鸦却能化解相当一部分剩下的五蕴炽盛苦。

我不确定为什么。

或许肉身里的五蕴炽盛苦流出笔尖，落在纸面，肉身就空了，或许落在纸面上，这些五蕴炽盛自己就空了，仿佛落花、坠叶、垂目。墨走如长发，但是，不是长发；墨停如眉眼，但是，不是眉眼。

色空，空色，心上，纸上，如来，如去，多几回色空来去，少一些痛苦纠结。

欲望永远得不到满足，
因为美无止境

冯唐答采访
"如何定义欲望"

欲望不是"想要"。想要的东西都是简单的东西，一个包包或者一个房子，有钱就可以买到，并且可以立刻买到。

欲望不是"本能"，人的本能，吃喝拉撒、做爱等，是生理性的、动物性的，可以立刻满足的，困来即眠，饥来即食，没有难度。

有难度的是欲望，要吃美食，要爱美色，要赏美景，要成就美名，要占领大美河山。这个"要"来源于内心，它像春药，迫使你勃起；像鞭子，驱打你追逐，去竞争；最后，像锤子，让你幻灭。

欲望永远得不到满足，因为美无止境。在我看来，所谓封顶或上限，是一个行为的概念，"发乎情，止乎礼"，耍流氓要合法。可以喜欢姑娘，喜欢无数姑娘，不能性骚扰；可以喜欢珠宝，喜欢无数珠宝，不能去抢劫。

欲望都是难完成的。容易完成的不是欲望，是项目。欲望是一个连续体——你喜欢一个姑娘，上床不是得到，不是满足了欲望，而仅仅是一个新节点的开始，是一条漫长河流的开始。上了床就结束，是渣男，不是欲望。

不同的年龄段，面对的是不同的欲望，处理的也是不同的欲望。年轻时，欲望多多益善，生命充满活力，红眼赤脖，要去和全世界战斗，去抢。

中年后，要学会做减法，让自己的欲望排排坐，看看什么是首要的，什么是次要的，什么是可以不要的，等等。最关键的，是要区别开旧的欲望和新的欲望。旧的欲望，该放就放，该结项就结项。新的欲望，奋起直追，集中精力握紧拳头集中作战。这就是所谓"中年变法"。生命力旺盛的人，还有"衰年变法"。

做点小事，不得大病

> 得精神病的男子多数想干大事，得精神
> 病的女子多数想得大爱。

年年难过年年过，和前四十年相比，今年似乎特别难。我学医的时候，也学过精神病学，尽管学得非常粗糙，而且人类对于精神病学的理解本来就非常初级，但是我还记得一个总体靠谱的结论：得精神病的男子多数想干大事，得精神病的女子多数想得大爱。今年成事不容易，我身边有人去了监狱，有人去了医院，有人去了八宝山，更多人抑郁了。这些人中的个别人太想做大事、太想被爱，在这一年里，真得了精神病。

我从小"为中华之崛起而读书"，长大"以国为怀"，朝乾夕惕，杀伐占取，一直实操实练屠龙技术，太想干大事。今年又不是做大事的年份。我为了避免得精神病，换个角度做了一点我一个人能做的小事，祛精神病的效果不错。现总结如下：

1. 获得食物的能力大幅提升，自己能把自己喂饱了，偶尔还能做出点小美味来。上学的时候，我的胃长在食堂大师傅手上。工作以后，一半的饭是飞机餐，一半的饭是商务宴请。今年我先学会了煮饺子，后来又发现了微波炉快速食品，六百瓦两分钟之后就能吃上的神奇米饭，秒杀街上几乎百分之百中餐厅和日餐厅的米饭；六百瓦一分半钟之后就能吃上的神奇汉堡，不输多个国家里麦当劳和肯德基的汉堡。再后来，朋友送了我一款自动无烟烧烤机，中国广东东莞产的，深圳黑科技，我在瞬间成为伦敦特拉法加广场方圆五里的"烤串天王"。最后值得一提的是，我从百达翡丽的经典广告中领悟到，善待好东西的最好方式就是多用它们，我启用了我一直不舍得用的宋代建窑钵，钵体稍稍失圆，但是总体完整。这个钵的能量真是大啊，自从我启用它之后，我不用开口乞食，也经常被人投喂，迄今为止，这个钵里被投过饺子、包子、萝卜丝软饼、酱牛肉、糟鸡翅、蒜泥凉粉、卤鸡舌、荠菜鱼丸。

2. 形成了轻断食的习惯，体重保持在六十二公斤左右，BMI 保持在十九以下。我和我哥哥吹嘘，令很多人难以坚持的轻断食对于我而言轻而易举。我哥哥说："你别吹了，那全是因为你小时候没什么吃的，你饿习惯了。"

3. 几乎天天睡到自然醒。我用的睡眠监测 App 经常给我满分一百分。每一个好觉都是一剂最好的补药，我曾经苍白的鼻毛基本都变黑了。

4. 坚持每周去公园跑两次，每次跑十公里。人间草木，四时皆美，我每次跑过大团大团的草木，闻到它们的味道，我都觉得赚到了。

5. 继续系统读书。办了两张大图书馆的卡，入库读书，如入仙境。看完了内心肿胀，总想表达。

6. 去周围的大博物馆闲逛，终于有了时间看非中国馆的其他馆藏。中华文明灿烂，但是地球上还有其他灿烂的文明，美啊，人间值得。

7. 涉猎《周易》和星相学等东、西方玄学。我和我妈吹嘘："这些玄学也在试图预知未知，部分弥补了西方麦肯锡管理方法和东方历史管理智慧的不足。"我妈沉默了半晌，说："我以前没和你说，怕你又说我吹牛，我的萨满神功已经传了不知道多少代了，传女不传男，你姐姐死活不想学，我在考虑违背祖训，传给你。"

8. 我重新开始生活。有一天，我收到一个好朋友的微信，问我："你第一次没了全职工作，不在大平台操练屠龙术，你感到无聊和空虚吗？"我正在津津有味地读着一张在街上自取的免费报纸，脖子上挂着家门钥匙，我想起我上次挂家门钥匙、读报纸已经是三十年前。我回微信："这一年，我一点也没烦。我在街上看什么都觉得新鲜，我想到的原因是，我大学毕业参加工作后就没正经生活过，每三天飞一次、换一个城市不是生活。"

9. 我让至少两个患深度抑郁的朋友摆脱了抑郁。用的方法很简单，就是让他们看到，这个世界上有比他们惨太多的人，有比他们坏账更多的人跳楼了，有比他们负担更重的人进了ICU（重症监护室）。

10. 我学会了垃圾分类管理。家务活儿分工，我负责垃圾管理。我摸清楚了街上的道道儿，依照当地政府规定，白色透明垃圾袋装可回收垃圾，每周三上午九点前拿出去，会有垃圾车来收；黑色或白色不透明垃圾袋装生活垃圾，每周一到周五上午九点前拿出去，会有垃圾车来收；逢年过节，给垃圾车师傅一个红包，他会很开心。

11. 每周直播一次。我不是郭德纲，我也不是罗永浩，我没有什么口头表达的天赋。但是我不会放弃，迎难而上，糟践自己。

在平顺的年景，我默念顺境九字真言："不着急，不害怕，不要脸。"在困难的年景，我默念逆境十字真言："看脚下，不断行，莫存顺逆。"

放下

简单，就是让他们看到，这个世界上有比他们惨太多的人，有比他们坏账更多的人跳楼了，有比他们负担更重的人进了ICU（重症监护室）。

10. 我学会了垃圾分类管理。家务活儿分工，我负责垃圾管理。我摸清楚了街上的道道儿，依照当地政府规定，白色透明垃圾袋装可回收垃圾，每周三上午九点前拿出去，会有垃圾车来收；黑色或白色不透明垃圾袋装生活垃圾，每周一到周五上午九点前拿出去，会有垃圾车来收；逢年过节，给垃圾车师傅一个红包，他会很开心。

11. 每周直播一次。我不是郭德纲，我也不是罗永浩，我没有什么口头表达的天赋。但是我不会放弃，迎难而上，糟践自己。

在平顺的年景，我默念顺境九字真言："不着急，不害怕，不要脸。"在困难的年景，我默念逆境十字真言："看脚下，不断行，莫存顺逆。"

放下

给女神的精神诊断疗方

> 一个女性一生要多付出多少：为某个
> 渣男泪流不止，为某个后代母爱泛滥。

在现实世界里，古往今来，七大洲，四大洋，神，真神，是极少的。绝大多数貌似神的，其实是神经，大神经。这些神经，有些是真神经，他们的神经之处，他们并不自知；有些是假神经，装真神，装有特异功能、会中医和信"仁波切"，目的大多是骗取功名利禄。推衍开来，女神，真女神，也是极少的。绝大多数貌似女神的，有些是会自拍和磨皮修图的，有些是会化妆和弄头发的，有些是会营造氛围的，有些是酒力惊人的，有些是靠知识和经历唬人的。需要指出的是，和貌似男神不同的是，貌似女神们的主要诉求不是骗取功名利禄，而是要自己爽，要活在自己的梦里。

与之形成悲剧对比的是，那些寥若晨星的真正的女神，妲己、郑袖、西施、赵飞燕、杨贵妃、陈圆圆、董小宛、苏小小，从来没有梦。她们降临到人间，就是尤物，就是洪水猛兽，就是天灾级的人祸，就是杀戮的根本原因，就是燃起了熄灭不了的欲望的火。她们不由自主地破坏或者诱发破坏，没有多过一夜的梦，只有梦碎。

近些年遇到一些女性，总是持续地让我产生不适感，而不是我习惯的赞美欲。几杯岩茶之后，一轮明月当空，我认真检讨自己，是不是内心妒忌。真不是。到了我这个年纪，对于男性，我都只剩了羡慕，如果他们事业畅达，我羡慕他们能使出力气，我希望他们能让世界美好一点，多美好一点，持续美好一点。对于女性，就更是这样。作为一个前妇科大夫，我深知一个女性在一生里要比男性多付出多少：每月随着潮汐血流不止，每年为某个渣男泪流不止，每十年为某个后代母爱泛滥。

对于这些让人产生不适感的女性，我总结了一下共性：她们都真的以为自己是女神，遗憾的是，其实她们很可能只是得了"女神病"。

临床表现：看她们肉身，听她们讲话，看她们的朋友圈，常见她们穿很少的衣服，自拍，胖的时候穿无腰白裙拍灵修和禅定，不胖的时候穿泳衣在泳池边和水下拍，修图，再大的头也是九头身，皮肤上没有任何岁月的痕迹，花前月下，拥抱莫名其妙的东西，几百年的松柏和昨天出生的狗，莫名其妙地悲悯，尽管最近几天悲悯的事物彼此三观迥异；嘴里冒出很多最近最火的名字，以及前几十年各个品类里最恒久的名字，他们都是来看她的，最多的目的是探讨人生之短和人间之苦，她一盏茶、一捧花、一杯酒、一席话之后，他们都释怀了，"仰天大笑出门去，我辈岂是蓬蒿人"。她们随手也做一些事情，这些事都很伟大，不是第一，就是唯一，就是最，这个世界已经烂到根儿了，必须来拯救，必须女神我来拯救，女神我来了，这个世界如果没被当成孙子一样变来变去就算女神我没有神力，一时不顺是时候没到，一个人不认可是他深深地埋藏了他的爱。她们兴致来了也写些长的文字，一类是至柔，纯女神视角，百分之九十九都是光和盐，每个不起舞的日子都是对生命的辜负；另一类是至刚，纯学术，开创圣力所不及的领域，开宗立派，上帝视角，宇宙精神。

病因和发病机理：和其他神经症类似，女神病有一部分是社会心理因素所致，一部分却无明确的因素，故其发病原因和机理众说纷纭。比如，童年。这些人在童年时或许有些低概率事件发生在她们身上。比如，她们走近湖水的时候，一条鱼偏巧死了，沉向湖底，大雁飞累了，落下来休息，花被风残了，月被云闭了。继而，她们这种神圣感被压抑下去了，到成年之后在某种条件下又被唤起，这个时候，又不自信，又不服输，就激活了童年某个低概率瞬间。比如，遗传。这些人多数有奇葩的母亲或者父亲或者双亲，如果她们偏巧有个同卵双生的姐妹，姐妹同病率是百分之四十一。

诊断要点：慢性女神病，症状至少持续两年，急性发作，近一个月内至少三次发作，不是舞台中心就发作。排除躯体疾病和其他精神病伴发的女神病症状。诊断的核心是：针对她的能力、作品、事功，众多他人的评估比她自评低了很多。

  治疗方式：没什么特别的好办法。多看看经典，看的时候，摒却自我，体会一下先贤文字留到今天的道理。偶尔仰望星空，明白一个事实：以宇宙为尺度，我们所有人都是尘埃。

  或者索性不治，小范围找些认定你就是真女神的人，让他们"但坐观罗敷"。

我的第一次濒死体验

> 应酬太耗神,你是该得社交恐惧症的时候啦。只见能给你钱、给你项目的人。

"开门,开门!"我依稀听见连续的敲门声,睁眼一看,一个建筑工人正在抱着三块木板从我面前走进一扇门,我正侧躺在一张简易床上,简易床正在急诊观察室的某个门边,这扇门打开后,是一个正在施工的房间。

我看到急诊观察室各种姿势躺着的病人和各种姿势陪着他们的亲友,我看见我的几个小伙伴儿,我看到我躺着的胴体,我看到胴体上插着的吊瓶,吊瓶里有液体在一滴一滴落下来。不用问,我知道我是在医院,看急诊观察室的规模,应该是个三甲医院,看周围保安的数目和眼神儿凌厉程度,应该是个著名三甲医院。我问一个小伙伴儿:"几点了?"他说:"下午一点了,您从楼梯摔下去了。"我想了想我有意识的上一个时间点,那是昨天晚上十点左右,其间,我失去意识有十多个小时。我忽然意识到,这是我距离死亡最近的一次,是我的第一次濒死经验。

我最近的确见人开会太多,见人应酬太多,更加没有周末,一直觉得累，连续两天各跑了一个十公里还是觉得累，连续睡了十个小时还是觉得累。过去三十年，我缓解这种累主要靠得一次感冒。通常是在飞机上，起飞前还没盖好毯子，太累，人就已经睡着了。飞机落地，喷嚏不止，人已经妥妥感冒了，人已经松软成一摊泥。松软几天，感冒好了，人也就没那么累了。最近几年我注意了和感冒的搏斗，比如坐飞机一定穿帽衫，冬天还加件坎肩儿，稍有感冒症状就吃预防感冒神药，很少得感冒了。我隐约觉得劈我的雷应该已经在路上，但是没想到是这种方式。

前天是个周六，十五年后，我又一次在上海办签售会，很真诚地回答了主持人和现场读者的小十个问题，很认真地照了集体照，很仔细地签名，签了一千来本书，之后又聊了一场医疗相关的生意，晚饭时间到了，找过去熟悉的小伙伴儿们喝酒。

估计有长期疲惫不能准确判断酒精承受力的原因，估计有年纪大了的原因，估计还有可能喝了假酒，我忽然完全断片儿。我记忆里上一个瞬间还是觉得自己状态不错地又干了一杯，下一个瞬间就看到医院急诊观察室了。很像我第一次在全麻状态下做无痛肠镜，我一直想，我的意志力号称强大，我来抵抗一下麻药，结果麻药下去之后，麻醉师问："怎么样？"我说："还好。"然后就人事不知，再清醒，肠镜已经不在身体里了，一切结束。

后来听说，我从楼梯上摔下，反复几摔，持续昏迷，到医院做

CT检查，蛛网膜下腔出血。如果出血不止，我有可能一直昏迷到死。

后来老天不要我，酒醒了，我也醒了一半，再查CT，颅内血消失，上海医生说恢复能力惊人，可以坐长途火车回京再看医生，但是最好不要坐飞机。

我坐火车回京让天坛医院的赵元立师兄再看一眼。颅内血没了，但是脑震荡后综合征明显，晕、说话不清、肌肉协调性差、视野微受损、全身痛，好像被人莫名其妙地打了一顿，眼眶、下颌、肘都痛，最痛的地方是在左腰眼，"谁打了我一顿啊？尤其是左后腰那一脚太狠啦"。

赵师兄确定我没大事，要求我绝对静养一周，不能出门，说："好处是或许换了一个脑子，能成为另一个不一样的天才。也可能就此成为傻子。"我焦急地问："其实我身体底子不错，血管和血凝也没什么问题，血压控制也挺好，一周之后我就能出差了吧？一周坐三四次飞机不算多吧？喝酒呢？几周之后可以再喝酒（如果保证是真酒）？几周之后可以跑步（如果保证不追求最好成绩）？"赵师兄温和地看了我一眼，仿佛我已经是个傻子了。

二十四个小时没碰手机，脑子稍稍清醒，视野逐渐清晰，我打开手机，手机里有两千三百七十六条新微信。手机已经是人类一个巨大的AI，有不少人已经在问我怎么了，发生了什么情况，要求回复，要求报平安。我试了试我的手机，脸部识别通过，"嗯，我的盛世美颜还在"，试了试微信打字，有点慢，但是基本在可以忍受的范围，试了试语音转文字，准确度没下降，试了试手机银行，密码都记得，喝了碗粥，肉和菜的味道还是不同了，拿笔划拉了两个毛笔字，还看得出是我右手写的。嗯，我神经中枢的基本功能还在。

我编了一个微信通稿："近四十八小时联系少，汇报一下近两天我的身体状况。实在抱歉，我'悲剧'了，在楼梯上跌倒，摔出颅内蛛网膜下腔出血，病情已经控制，勿念，但是一周内需要绝对静养，不能出门，不能跑步，不能性交，不能饮酒。我们这周约的见面只好取消。实在抱歉，给您添麻烦了。我还能回微信和电邮，就是会稍慢，请您见谅。"

昏睡和喝粥结合，用我暗黑的方式康复了两天，我偶尔思考，其间值得记录的事情包括：

第一，感谢陪着我以及第一时间赶来帮忙的小伙伴儿们，感谢那些为我提供各种诊疗方案的医疗专家，没你们，我或者就挂了，或者比现在凄惨百倍。

第二，我回家静养之后，我哥在没经过我许可的前提下带我老妈来。我老妈号称她掌握的蒙医绝学中不只有招魂的萨满，还有朴实刚健的捶击、踹足，对于脑震荡后遗症等外伤颇具疗效，如果我视野中出现大片红色，她就一定能治好。我没见她，我要绝对静养，我吼了我哥几句："我不病的时候有精神陪你俩玩，我现在病了，只能自己先照顾自己了。医生说了，最担心我二次颅内出血，再出血，我可能连妈都不会叫了。"

第三，在任何地方出现急症，特别是脑部急症（意识丧失或者喷射性呕吐或者嘴歪眼斜或者四肢无力等），一定要尽快去当地急救中心或者排名靠前的脑科医院，这类急症因为等待而付出的代价可能过高。

第四，四十岁之后，要多和一些医生交交朋友。多数地方的急诊室往往不是非常靠谱，设备和人员在紧急情况下，动作偶尔会变形，急症紧急处理后，这些专家能帮你完善下一步诊治。

第五，我真是一个贪财的金牛座啊。人从楼梯跌倒，脑子完全断片儿，第一次濒死之后，我发现身上什么都没丢，什么都没坏：手机完好，良渚玉镯完好，卡包健全，身份证件、信用卡、酒店房间卡都在呢。当时肉身是用怎样的姿势在无意识中滚下楼梯，苦了筋骨保全了诸多身外之物？

第六，工作其实可以是种无上快乐。我二十多年来多线程疯狂工作，忽然不能工作了，必须绝对静养，我实在太难受了。慢下来，是种修行，我不知道我能不能修炼出来。日本合作方的大西先生知道了我不能如约开会的原因，让同事传话——"健康第一，工作第五"，好好静养，趁机休息一下。工作了这么多年，我要开始学学休息了，这几天下来，感觉没想象中那么容易。

第七，全面减少应酬。林进老师非常严肃地告诫我："让你戒酒太残忍（岁月和知名度已经让你在很大程度上戒色了），但是有楼梯没电梯的喝酒地儿不要去了，摔到头部是非常危险的。而且，可去可不去的应酬不要去了，让他们看你的书、去你推进的医院好了，应酬太耗神，你是该得社交恐惧症的时候啦。你放不下医疗投资，那就势利一点，只见能给你钱、给你项目的人。"

第八，以我的梦境观照，我颅内出血后，毛笔字和诗艺都会有精进，敬请期待。

第九，我梦见在摔晕后到过一个陌生世界的门口，基本设置和人间没有本质差别（至少是这个门口），把守的官员给了我三个选项，因为头晕，我犹豫了很久，无法抉择，官员烦了，又把我推回了人间。

这几天，仿佛在出生之后，"我"作为一个智能系统第一次重启，连续昏睡，连续醒来。醒来时候，偶尔后怕，比如，如果真的半身不遂了怎么办？我要去写《我与天坛》了吗？比如，这次意外之后，三观里，哪些更确定了？哪些有了改变？比如，我这次如果真"挂"了，谁会得利、会开心？谁会倒霉、会难过？我越发笃定的是：要及时行乐，要尽快去做自己想做的事，无常是常，就在门外，就在路边。那些恨我的人，请继续，甚至请更加凶狠。那些爱我的人，请不要悲伤，尽快快乐起来，生命中充满无常，没有什么是绝对不可失去的，没有什么是不可替代的。如果我真"挂"了，请尽快快乐起来。这才是生命的本质和我最真诚的愿望。

持续输出的能量

冯唐直播
谈能量管理

持续输出的能量管理，就是我要睡好觉，我要吃饱饭，然后我要干活儿，这样一个基本状态能维持很久很久。我说的干活儿包括读书、写书、做事。

我在职场经常看到比我年轻二十多岁的人一星期请两天病假，并不是说生病有问题，而是说人对身体、精神、情绪状态的能量管理有问题。

如果一个人、一件事给我特别大的负能量，只要我试过一两次，我就不碰了，哪怕这人再有钱、再有名、再有什么可能性，都跟我没关系了。世界上有几类人、几类事，一类就是损人利己，一类是利人利己，一类是利人损己，一类是损人不利己。损人不利己，为什么有人要干？其实也是人性的弱点。损人利己的事不要干，损人利己的人不要理，你就会省出太多的精力，省去之后，世界豁然开朗。

能量对于我来说是更重要的帮助，我来这个世界就是要做更多事情的。

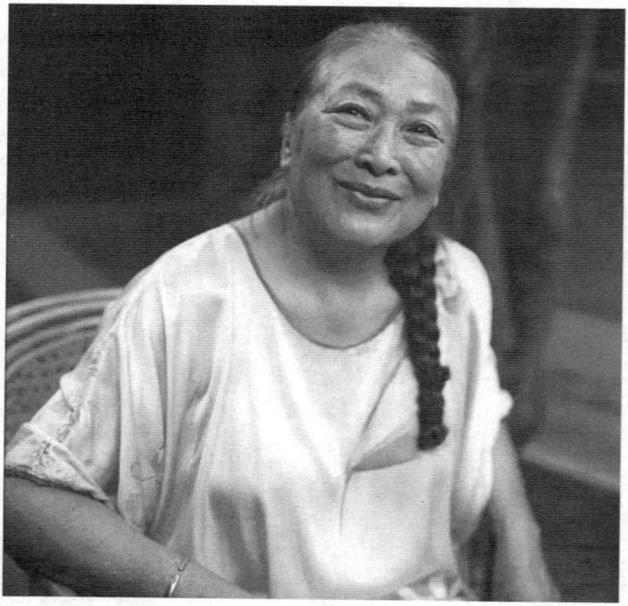

您总能变出食物和酒。

您总能让黑夜和大雨过去。

您总可以不和我哥生活在一个小区里。

您总要化好浓妆下楼倒个垃圾。

最爱我的那个女人走了

"别太累，差不多得了。"这是老妈今
生对我说的最后一句话。

2024 年 3 月 27 日，16 点 45 分，北京，老妈走了。

老妈临走时，哥哥在身边。电话里，他和我说："老妈没受什么罪。"

我在伦敦，伦敦难得地阳光明媚。我坐在餐厅的窗边，选《冯唐讲〈资治通鉴〉》第三季的一百零四个案例，王莽出场了。

两只知更鸟（红胸鸲）飞到窗前，胸口在阳光下金光闪闪，表示了对于王莽的好奇。我读书、写书、写字，半小时以上，这两只知更鸟就会飞到我身边叫嚷，告诉我外边刚刚发生的事情。

三天前我才从北京飞回伦敦，计划着处理完几个事，过两周就再飞回北京。

离开北京时，老妈的病情已经稳定，脑子非常清醒，开始和我打听近来街面上的凶杀色情，开始搬弄是非，骂一些我俩都认识的人，特别是我哥和我姐，而且，想吃白菜粉条了。

主管医生说老妈可以转出 ICU 了。

"不舒服。我看差不多了。"老妈说。

"您放宽心，还能活很久呢。您想啊，白菜粉条，涮羊肉，手把羊肉。您不是还想去蒙古（国）吗？您不是还想带我回老家老哈河看看吗？在老哈河边，咱俩开瓶宁城老窖，吃肉，吹牛。"我一下子列了好些老妈心心念念要做的事。

三年以前，我总劝老妈，这么大岁数了，别老有那么多欲望。

老妈总是骂回来："生而为人，欲望满身。没欲望了，我还是人吗？"近三年，老妈先是不能自理了，再是不能走了，再是不能站起来了，北京"垂杨柳之花"加速衰坏，出不了医院病房了。我每次见她，都挑衅她的欲望之火，希望她不要熄灭。

"好啊，我配合治疗，我争取能站起来，你陪我去蒙古（国）。你走吧，别太累，差不多得了。"老妈说。

这是老妈今生对我说的最后一句话。

"您听医生的话，每天能动弹就动弹动弹，我很快回来看您，等您能坐轮椅了，我陪您去蒙古（国）。"然后，我赶去机场了。

电话里，我和哥哥定完葬礼相关的事项，我问哥哥："老妈最后是怎么走的？"

"医生突然通知老妈快不行了，我赶过去，老妈心跳几乎已经没了。医生说，已经抢救半个小时了，心脏衰竭了，放弃吧。

我想，咱们仨孩子商量过，也和老妈确认过，不让老妈受太多罪，我就说：'好，放弃吧。'我和你说个神奇的事，医生和护士们走了，我和老妈两个人在病房，我看到她笑了，我照了相，稍后发给你。她竟然笑了。"哥哥说到这儿，就在电话那边哭了起来。

我说："别想当时的场景了，我赶最早的一班航班飞回北京。"

老妈是萨满，知道到时候了，走前两个月，把她的仨孩儿都见过了，把银行卡里所有的钱也都转给我了。

老爸是佛，不用知道，抬脚就走了。老妈这是找老爸去了，八年之后，她又可以吃老爸炒的白菜粉条了。

2016年11月13日，老妈生日，中午，老爸给老妈做了面条，俩人吃完，老爸睡午觉，就再也没起来。估计老妈这次见到老爸，会骂他为什么不辞而别。

把我带到地球上的那个女人刚才离开地球了，从自己嘴里省出饭钱给我买书看的那个女人刚才离开地球了，在人群中一眼就能看出谁是我女友的那个女人懒得再看一眼这个地球了。

小学的时候，我立志读尽天下书，我跟老妈要四十五块钱，我要买全套《辞海》。

"好。你知道我一个月工资是多少吗？五十五块钱。但是，买书，只要你买了之后会看，多少钱都可以。"老妈说。

后来这四十五块钱在学校被人偷了,我回家,拒绝吃饭。

"你是不是不甘心,还想买?买吧,妈有钱。这次把钱放好。"老妈说。

我没好意思买四十五块钱的那版《辞海》,我花二十块钱买了一本绿皮的、厚厚的缩印版,我从头读到尾。

我还记得第一个词条,"一","一介书生,三尺微命"。

老妈走了,1937年生,2024年走,87岁。

我开了那瓶想等她身体好了和她分享的香槟,她出生年份的,1937年的香槟。

我脑海里的画面,1937年的她喝1937年的香槟,就涮羊肉,人生美好。1937年的香槟留在瓶子里只剩一半了,但是喝到嘴里还很年轻。

嘴里香槟咽下去,眼里泪流下来,我脑子里的老妈还是那个年轻的、一顿能喝一斤白酒的、不会跳舞会骑马的、骂人词汇远超《新华字典》的老妈。

当时,我在香港,我没看到老爸最后一眼。如今,我在伦敦,我也没看到老妈最后一眼。

我尽快安排好了机票,回去送她最后一程。这次飞回北京,跟之前一千多次飞回北京的飞行不同,下了飞机,虽然还是去看老妈,但是老妈不会开门,不会说"抱抱",抱了之后,也不会说"瞧你累得这个傻×德行"。

和我爸走的时候不一样。我知道老爸走了,直接哭倒在洗手间,然后就不哭了。我知道老妈走了,还坚持开完两个电话会,还做完一个近两小时的私域直播。但是,我一直在找机会哭,一直没忍住,一直恍惚,我不知道会持续多久。

那就就着悲伤写写文章吧,长篇小说《我妈骂过所有的街》可以开始写了。

老妈走之前,几乎每次见我都问:"你写我的那篇小说开始写了吗?"

"没呢。"我回答。

"为啥不开始写?"老妈问。

"您还在地球上啊。我有个预感,我一开始写,如果写顺了,您就离开地球了。"我回答。

"那我离开地球之后你再写,这小说即使卖火了,我也分不到钱了,我也听不见掌声了啊!"老妈说。

"我在您走之前写完了,书卖火了,我也不分您钱。我是作者,您是原型,我为什么要分您钱?"我说。

"真精,真精啊。信不信我死你后头?"我妈问。

"如果您真能死我后头,那真是太好了,那我真是太幸福了。"我说。

老妈,我说的是真话。如今,您走了,活着的我还是挺难受的。算了,开始写以您为原型的小说。

《我妈骂过所有的街》第一句:"其实你妈,我,不是个浑人,我,不是想骂街,只是这些人太傻了。上了哈佛,还学了佛,还是那么傻。不骂,怎么办呢?"

心力就是一颗心，活泼泼。

活泼泼的心，胎生带来，清净无垢。后天养护，小心翼翼。

大千世界，五色五音，尽情耍，不迷失，不做恶事，不染尘垢，不生贪嗔痴。身历百千劫，还是一颗活泼泼的心。人间稳赢。

第三章

身历百千劫，还是一颗活泼心

十五分钟生活圈原则

> 尽管可以宅在元宇宙里,但人还是社会的动物,要有臭味相投的人可以线下交流。

我和其他地球人一样,在过去几年,多多少少处于一种"宅"的状态。我查了一下自己的飞行记录,有二十年,平均每三天飞一次,无论节假日。自己的事情自己做,我总是用自己的右手拎自己的箱子。我坐飞机第一次托运行李,行李就丢了,造成了心理阴影,以后一直坚持坐飞机不托运行李,一直拎着行李,从住处到飞机上,从飞机上到酒店。时间长了,拎行李的右胳膊比左胳膊粗一圈,右手掌指关节处老茧横生。后来,我基本在伦敦宅着,读书、写书、写毛笔字、喝酒、喝茶、喝风、跑步、发呆、泡澡。如今看我的右手,手掌指关节处的老茧已经淡到肉眼不可见,食指远端关节处倒是新生了一个老茧,那是握毛笔握得太多太久太狠的结果。

根据我对于微信朋友圈的观察,很多人被激发了烹饪潜能,"宅"出了数以百计的厨神,我都学会用微波炉和烤箱啦,再加上快递系统已经正常运转，Zoom、腾讯会议、Google Meet、微软Teams等远程会议办公软件繁盛，不出门也不用买什么新衣服，似乎宅就可以解决"衣食住行"等所有人生重大问题。

但是，全宅，大门不出，二门不迈，太长时间，似乎还是不行。地球人的基因编码里，还有人性，还是需要见见人，三五好友，对酒吹牛，看到对方翕张的鼻孔和挥舞的双手；还有兽性，还是需要清风朗月，看看花，到四季里走走；还有神性，还是需要仰望星空，面朝大海，天空和大海一无所有，但是还是给人安慰，想想人类应该往何处去，该如何走。哪怕元宇宙加速兴盛，人在可预见的未来还是主宰和尺度，尽管可以宅在元宇宙里，人还是需要偶尔自由出门，在周围溜达溜达。

宅外第一步，地球人需要多大的半径？我慢跑十五分钟，三公里；我快走十五分钟，两公里。半小时来回，是我喜欢的一个时间长度，对于我这个地球人，两三公里的半径就是我十五分钟可达的生活圈。

对于我来说，这个十五分钟生活圈里，要有书店，最好是旧书店，最好不是一家旧书店而是旧书店一条街。我逛逛，翻翻，买几本，一个上午"出溜"就过去了，带着几斤书和一身书香和辘辘饥肠溜达回去。在一手书店里看新书的时候，我总是带着怀疑的眼神儿，似乎它们还没有经过时间的严格考验。旧书店里的书，特别是被之前主人认真圈点过的书，让我有种信任感。我买书是为了阅读，所以我很少买收藏级别的古董书，品相好的二手书最好，我可以毫无心理压力，买回去上手再圈点一遍，偶尔还可以参考一下前主人的批注，神交古人。

这个十五分钟生活圈里，要有图书馆，或者大学，或者图书馆和大学。有些书需要买，有些书翻翻就好，宅的地方也没有太多空间可以无限制买书，所以对于我，图书馆还是有必要的。我心目中的好图书馆，最好是免费的、书多的、以英文或者中文为主的（我只能流利阅读这两种语言）、可以入库翻书的、可以把书借走的、有些好玩的读书室的、有窗子和阳光的、冬暖夏凉不冷不热的。如果好事不能集中到一处，那就把"免费"去掉，为了坐拥书城，我愿意每年交些年费。

这个十五分钟生活圈里，要有大博物馆，或者大美术馆，或者大博物馆和大美术馆。与古为徒，神交古人，经常在那些大博物馆里乱转、耳濡目染那些幸存至今的藏品是最便捷的方式。美人遥遥，美物悦目，经常在那些大美术馆里对着名画发呆，在美学熏陶上，应该和少年时代坐在马路牙子上对着街上飘过的美女发呆有类似的功效吧。三四十岁，一半以上的中饭是在飞机上吃的，五六十岁，如果一半以上的中饭是在国家美术馆的草坪上吃的，也算是一种对自己的补偿吧。

这个十五分钟生活圈里，要有大公园。随着人长大，能让人开心的事越来越少，去公园慢跑和快走算是剩下来为数不多的。如果大公园足够近，买花的钱都能省下了，每周慢跑三次，每次十公里，可以看着一树树的花从花苞肿胀到落花如雪下。

这个十五分钟生活圈里，要有小馆子。尽管酒可能有万般不好，但是酒能让人快乐，特别是让成年人快乐。如果用最简单粗暴的方式判断一个小馆子的好坏，我就看我想不想坐下来喝一杯。如果用最简单粗暴的方式判断一个十五分钟生活圈的好坏，甚至一个城市的好坏，我就看这样的小馆子多不多。

最后，也可能是最重要的，这个十五分钟生活圈里，要有人，好玩的人，好看的人，又好玩又好看的人。说到底，人还是社会的动物，还是要有臭味相投的人可以线下交流。否则，一杆进洞，四下无人，一瓶1989年的奥比昂酒，一人独饮，"醉后不知天在水，满船清梦压星河"。最好，在这十五分钟生活圈里，彼此能串门，不用预约，菜出锅前联系："在不在？来不来？有酒有菜。"菜出锅时，人已经进门了。酒喝高了，简单说："你俩接着喝，我高了，先看书睡了。"

这个十五分钟生活圈，听上去像是一个不错的下半生生活圈。

一念不向前 一切皆自在

身历百千劫，还是一颗活泼心

闭一阵门之后想的还是手机和是非，
读一阵书之后想的还是手机和成败。

在骨子里，我原来一直深深不理解休假这件事。做真正喜欢做的工作就像小时候的玩耍、学生时代的电子游戏，尽管有不如意处，但是总体是一件让人身心愉悦的事，为什么要休假？"开疆拓土，攻城略地，杀伐占取，千万人中取上将首级"，不是男生最爱干和最该干的事吗？如果累了，冲个澡，睡一觉，不就好了吗？为什么要休假？休假去个陌生的地方，水土不服，语言半通不通，没有合适的吃喝玩乐，没有好玩的朋友，为什么要休假？埋首任事，几十年如一日，每日工作十六个小时，死了土埋，无须再醒，如此一生不是也挺好？为什么要休假？

所以，就算是佛系的禅宗，也有百丈怀海提出《百丈清规》，"一日不作，一日不食"。所以，大学毕业之后，就该天天工作，作天作地作空气，一日不作，一日没脸吃东西。从常识看，这种说法也成立，如果你在可以劳作的时候不劳作，你有什么生存的理由？

世界为什么让你生存？如果你不劳作、不和世界产生赤裸裸的买卖关系，你的一切就没了最基础的真实。你妈喂你或者抽你是因为她爱你，但是你不劳作、不和世界发生赤裸裸的买卖关系，你就没有了价值。从这个角度观照，一个组织和一个国家的健康程度也取决于其中有多少比例的人在真实地劳作，很难想象一个很少人干活儿、很多人全职搬弄是非混吃等死的组织或者国家能够一直伟大。

如果做的不是喜欢的工作怎么办？如果找不到你喜欢的工作，那就好好喜欢你能找到的你最喜欢的工作，然后积累资历、等待时机，跳槽，在人世间做你真正喜欢做的工作。即使你在做你不喜欢的工作，休假也不能让你更喜欢你的工作，休假也不能让你积累你跳槽需要的资历，为什么要休假？

后来，在不惑和知天命的年纪之间，我渐渐意识到，休假是必需的，极短暂的逃开是必要的，一年当中，找个地方，发发呆，是天赋人权和肉身刚需。肉身非我有的俗人在成佛之前都不是佛，没有非佛的肉身能持久地、真诚地把世间的是非成败当成电子游戏，随时拿起、放下。即使在智识上知道，"闭门即是深山，读书随处净土"，闭一阵门之后想的还是手机和是非，读一阵书之后想的还是手机和成败。

1990年到1998年，我在北京协和医学院念书，总被身边的协和精神和协和老教授鼓舞和摧残。老教授总是反复强调，"如临深渊，如履薄冰"，病人无小事，小事也能致命，总是反复强调，"吃得苦中苦，方为人上人"，在医疗智慧和技能上，强调熬过极苦方得正果，不接受任何低于顶级的标准。少年时代见识短，我以为身边的世间就是世间，以为协和老教授这套三观就是最该从一而终的三观。毕业二十年之后的某一天，我忽然发现，一辈子的盛时似乎很快就要过完了，一辈子如果天天"如临深渊，如履薄冰"，临死那一刻得多糟心啊！当我意识到这一点之后，我进一步发现了另一个残忍的事实：我彻底失去放松的能力了。

所以我需要一个完美的发呆处。

我被领到北海道，从札幌新千岁机场坐两个小时车，来到一个小旅店，手机锁在保险箱里，待了三天。总结适合我的完美发呆处的特点：

人少。小旅店一共十五间房，估计住客多数还是有追求、想折腾的人，可能睡醒了就出去见识世界去了。我偶尔走出房间，在旅店里转悠，很少碰见什么人。

事少。如果你不喜欢滑雪，在冬天，小旅店附近被大雪覆盖，方圆十里真没什么可玩的。小旅店里除了十五间客房，只有餐厅、客厅、书房、茶台、吧台、吸烟室，没有健身房，也没有游戏室，书房也没有几本书。

自然。屋子里的落地窗外就是小山、杂树，以及每天不断的、新鲜的、不同明暗的雪。两处温泉池，完全不过滤，细看见泥，屋子里一处，屋外房檐一处。我最爱房檐那处，温泉池外一尺就是雪，风起时一池的上空都是雪，一瓶香槟放在池边高处，温泉不及，十分钟后，香槟在风雪里，温度低到适饮。公共酒吧和客厅的窗外都是毫无遮挡的雪景，有真酒，有火炉，火炉里有真木头在燃烧。

简素。小旅店在天地之间、在雪里、在山林里，配色都是泥土、树林、积雪、山丘、阴天的颜色，用的各种东西也是一样的配色，土味审美一土到底，在我有限的认知里，是最接近宋代建窑配色和审美的现代存在。

三天发呆期间，我清楚地记得我还有一个电话会要开，而且给了我一个日本当地电话号码可以拨入。我仔细研究了房间配备的电话，没有找到拨当地号码的方式。我打电话问前台，前台说："您是对的，房间里的电话只能和旅店前台通话，不能拨打任何当地号码。"

我想起保险箱里的手机，想，要不要把它拿出来。

走着就能享受生活的地方

最好的地方，是能让普通人从容地
走着就能享受生活的地方。

以前，尽管我到伦敦开过好几次会，也飞到伦敦然后坐火车去牛津大学或剑桥大学做演讲，却没在伦敦城里待过一天以上。我印象中的伦敦，总停留在读过的狄更斯小说里，阴冷、陈旧、难吃、困守孤岛、无可奈何。

这次，机缘巧合下，我竟然有了一周假（至少可以远程工作），心里觉得需要一个遥远的物理距离，扯脱开和国内诸多琐事的千万重联系，于是想到伦敦，飞过去，喂喂鸽子，喂喂自己，跑跑步，泡泡博物馆，就是肉身胴体的魂飞天外。如此下来，一周后发现，常识就是常识，"仓廪实而知礼节"，如今世界第一经济体是美国，一百多年前的世界第一经济体是英国，伦敦是英国的首都，是现代制度的发源地，是旧富的翘楚，果然有旧富的宝光和味道。

我睡觉的地方是个老区活化项目，房间很新、很小，但是小区里的公共区域很大，功能很全，除了共用的游泳池，第一层里有健身房、客厅、餐厅、会议室、书房,二十四小时开着。下了楼,隔了一个小池塘就是美国大使馆,二十四小时有人拿着挺大的枪走来走去,给人很安全的幻觉。再往北,隔了一条不宽的马路,就是一条宽大的泰晤士河。往西沿着河跑一点五公里,一个大公园,跑一圈,五公里,见到了不同颜色的樱花、温带植物园、很多奔跑的娃和一个日本佛教徒捐的倡导和平的塔。往东沿着河跑一点五公里,过了军情六处,就是伦敦眼,对面是威斯敏斯特大教堂,跑过游客群,桥下有 South Bank Book Market(南岸书市)。往北,过了河,就是泰特美术馆,有咖啡馆,咖啡难喝,但是院子很美,有餐厅,红酒的选择和状态都很赞,四壁壁画,空白处是窗户,窗外草木连天。往北,再暴走或慢跑一段,就是 BBR 酒商[1]的老店、雅典娜俱乐部、王牌特工的西装店和女皇的帽商、乐高旗舰店、哈罗德·品特剧场。在暴走和慢跑中,多数人遵守规则,多数街道干净,多数地方,人能相对从容,车能基本让人,没有电动车不遵守红绿灯逆行,没人看着手机过马路。

小炉焚点香,看会儿书,困了,一睡,一屎,一洗,一茶,去楼下维特罗斯超市随便买口吃的,暴走慢跑去几公里外的 Hedone(餐厅),和几个临时拼凑的朋友一起喝一顿没有议题的慢慢的大酒,

---

[1] 全称是 Berry Bros.& Rudd,为一家英国皇家酒商。

回房，再看会儿书，再睡。

饱睡之后，看着阳光缓慢移动，想，人的基本需求其实不多，如果需要找一个地方待，如何选择？十多年前，我写过一篇类似的文章《择一城而终老》，那时候年轻、好奇、爱凑热闹，最怕无聊，选择标准的第一维度中只有一个：一个地方的丰富度，含历史长短、空间多态、密集程度、人类奇葩有多少等。如今年近半百，一事无成，在床上赖着，重新思考这个问题，看到一份2018年咨询公司Resonance评价世界城市的调查报告。评价标准的第一维度有六个p：地（place），空气、饮水、四季、植被、公园、犯罪率、山川景色、户外活动等；城（product），大学、医院、庙宇、机场、铁路、地铁、游轮、博物馆、展览馆、写字楼的数量和质量；计（programming），艺术活动、文化活动、美食美酒、购物、赌博、夜生活等；人（people），移民比例、多样性、外国常住人口比例等；富（prosperity），就业机会、企业总部数目、失业率、人均GDP、财富五百强企业数目；舌（promotion），历史、传说、被新旧媒体和口碑推荐。按这个标准，综合评价，伦敦第一，中国城市没有一个进入前十，北京是世界上最富的城市，尽管综合排名是第二十四位。

越老，倒时差越是个问题。我赖不住床了，翻滚起来，跳出这些繁复的城市评价指标体系，如果只用一个标准评价一个人待的地方,对于我来说,就是能不能自由地暴走、慢跑,能不能只靠暴走、慢跑就能过上有样儿的生活。

说到底,最好的地方,是一个能让普通人从容地走着就能享受生活的地方。

有天赋的人改变世界，普通人享受世界

冯唐答采访"如何看待一部分人未来被 AI 取代"

我们都是平凡人，平凡人可以干一些不需要天赋的事，这世界上百分之九十九点九的事是不需要天赋的。如果他就喜欢写作，自己能写得很兴奋，就当作自娱自乐呗。但你为什么一定要达到《红楼梦》的水平？最关键的是，当你达不到《红楼梦》水平的时候，别去骂《红楼梦》。如果你不认那就让时间考验，在一个信息透明的时代，是不可能埋没任何一个天才的。比如喜欢打篮球，自己周末就在小区里头打，赢两分就已经足够了。你不要想着喜欢打篮球，但为什么进不了国家队，这是再勤奋也没用的。

我信命。人的智商、体质、相貌、品性，很多都是天生的，是"命"给的。姚明篮球打得好，首先是有这个身材，其次有个运动员家庭，这都是投胎得的，普通人后天怎么努力也补不上。

对于普通人，一是要认清自己的命，认清自己的局限，找到自己的赛道，没有那个身高，不要想着去当篮球明星，业余打打篮球自娱自乐就可以；二是要努力，勤能补拙，千古不易。

其实，所谓"进步"，大多基于天赋独特的人的工作，对于芸芸众生来说，这是个挺惨的现实。不过，换一个角度，由这些有天赋的人去改变世界，普通人去享受世界，挺好的。

一花开而万物生长

> 日子可以非常简单,就盯着她看,心
> 里、嘴里、酒里,说:"你真好看啊。"

我无法否认,我是个轻度酒精成瘾者、轻度抑郁症患者、轻度性幻想狂、中度自恋狂、中度逐鹿中原爱好者、中度偏执狂、重度划痕症患者、重度强迫症患者、重度焦虑症患者、高于常人一百五十五倍的精神分裂症易患者。

但是我从出生到年过半百,没给其他人添过任何没必要的麻烦。我妈可能会有不同意见,但是我和她对于一些词的定义不同。这个文章是我写的,她反对也没有实质影响。我酒后不吐、不乱性、不玩手机,我的精神分裂倾向只在文章里,光明和黑暗,现实和幻想,赋和比兴。

这一切,我要感谢花草。花草治愈。

我把一切医学还不能清晰定义的心魔总称为大毛怪,它和我不是一个东西,它的三观、作息和我的不完全一样。至于它干的一切坏事,我都是无辜的。但是我明白,如果它完全不干那些坏事,我也无法干对地球有意义的那些好事。

我刚出生的时候，我的大毛怪已经在了，尽管它物理体积很小。我发育得比我的大毛怪晚一点，但是它长得比我快一些，而且更不讲道理。在我意识到大毛怪的存在之后，它变得有些狡猾，它似乎也暗中学习一些儿童心理学、博物学和星相学。但是，我清楚地知道，它怕花草。只要让它接触到花草，只要花草让我分心，不和大毛怪"对影成三人"或者骑上它，大毛怪就做不了大坏事，不给别人添大麻烦。

以下是我目睹过的战胜过大毛怪的花草：

狗尾巴草。我小时候在北京南城各种路边和野地里见过，以至于我坚信不疑，野合必须在它上面，否则野合的男女都无法达到高潮。四十年后，我又在伦敦的小湖边见到，上面没有任何野合过的痕迹。

地雷花。它就是我心中的北京的初夏，叶子一直绿，花一直多彩。花落了，中间小小的、嫩绿的花蕊慢慢变成黑色的、硬硬的"地雷"。捏开"地雷"，是软白的液体。我后来又见了一些其他软白的液体，想起地雷花，我也没觉得那些液体有什么特别恶心的地方了。

二月兰。初见在天坛，一地一地的；再见在北大，一片一片的。我在北大第一学期，诗读多了，恋爱多了，看到地上一片片的二月兰,觉得地和天在说:"我一直记得你的蓝色。"

荠菜。春天的时候,在天坛公园内的几段老墙下繁盛。摘满一帽子,拿回家去给老爸,炒鸡蛋或者做汤或者包馄饨,都非常好吃。

榆叶梅。春意闹的"闹"字,我是从春天的北京路边的榆叶梅那里学到的。真是一群、两群、无数群闹腾的花啊,彼此挤来挤去,拳打脚踢。榆叶梅的绿叶是如何在重花之间冒出来的,我百思不得其解。

白杨树。夏天在中学的操场上,风吹过,白杨树的叶子一面墨绿一面金黄,女生的裙子飞扬,一面粉红一面粉白。阳光之下,白杨树叶子背面,细细的金黄色的毛发,女生的鬓边和小腿边也是。

荷花。北京北海北门和什刹海里的都好。我小时候听坏孩子念绕口令:红配绿,赛狗屁。但是夏天里,酷暑里,荷花和荷叶,红配绿,好看啊。如果再下点雨,雨滴在花瓣上和荷叶上大大小小地滚,多好看啊。

松柏。天坛里很多,几十年到几百年的都有,在冬天也不太像死透了的样子。很多老年人在清晨蹭它们,或许老人们觉得蹭多了可以再多活几十年或者几百年。

松茸。每年6月到9月,我总想回云南一趟,那时候云南的菌子闪闪发亮。一口大铁锅,一锅山泉水,一只小土鸡,新鲜松茸、牛肝菌、见手青等十几种菌子下锅。香啊。在开锅的一瞬间,我一个只会用微波炉和烤箱的人,都坚定地认为:如果有好食材,我就是食神。

以上已经说九种了,治愈我生命、战胜我大毛怪的植物远不止这九种。

我写过一首叫《中药》的诗。

草木皆美,
人不是。
中药皆苦,
你也是。

为什么会是这样啊?语言乏力,禅是一枝花,我无法用语言阐释。

一花是什么花?

万物是什么物?

生长是什么感觉?

为什么草木皆美,人不是?

想起那些迷恋某个女生的日子,日子可以非常简单,就盯着她看,心里、嘴里、酒里,说:"你真好看啊。"她一定伤过很多心,就像花草一定治愈过很多心。

如果不知道如何生活，学学花草；如果不知道如何生长，学学花草。如果不能轻易看到花草，那就有个类似花草的艺术，在身边。如果不能轻易跨越花草和人类的界限，那就有个类似花草的人类，或者类似花草的人类艺术，在身边。

　　花草治愈，艺术治愈，酒精治愈，猫狗治愈，美好的人类治愈。我们每个人都有自己的问题。承认这点，再给自己一束花草、一方美物，喝口、抱抱亲亲举高高转圈圈，我们的问题就好了一大半。

　　"应无所住而生其心。"花不会不败，就像花不会不开，你我心头的心思、欲望、纠结、烦恼、大毛怪，也一样。

　　一叶落了，一花开了，万物生长了。生，无不生。了，无不了。

　　花，它真美啊，她真美啊。

　　我用书道、涂鸦和陶器给自己画花，自说自话也说给你听。

选一个丰富的城市多花时间

太容易的事做起来没什么意思，
我一直喜欢迎难而上。

写"恨北京的 N 个理由"要比写"爱北京的 N 个理由"容易得多。太容易的事做起来没什么意思，人生过半，人生这一半，我一直喜欢迎难而上。

"北京三部曲"第一部《万物生长》初版于 2001 年，第二部《十八岁给我一个姑娘》初版于 2003 年，第三部《北京，北京》初版于 2007 年。半自传体三部曲描述了 1985 年到 2000 年改革开放初期的北京，描述了一个男生从十五岁处男到三十岁而立的成长过程，一部长篇，五年时光，整个三部曲，十五年时光，从什么都不懂到懵懂再到似乎什么都懂。之前的中文里，似乎没有这样写北京的长篇小说三部曲，也似乎没有这样写男生初长成的长篇小说三部曲，之后的中文里，也难有。

尽管《十八岁给我一个姑娘》描述的时间段在《万物生长》之前，但是《万物生长》是"北京三部曲"里最先写的。我当时朴素的想法是：打蛇打七寸，写就写男生发育期最刻骨和最铭心的故事。写完之后，内心肿胀消除，然后集中精力做国家栋梁和社会担当，和文学说再见，个别的栋梁和担当如何吃喝玩乐、坑蒙拐骗偷，我就如何写出来。但是，《万物生长》初版之后，发现内心肿胀硬硬的，还在，所以我不得不写了懵懂的前传《十八岁给我一个姑娘》和装懂的后传《北京，北京》。

从写《万物生长》到现在，二十年过去了，这个"北京三部曲"还一直在卖，《万物生长》改编成了电影，2015年公映；《北京，北京》改编成为《春风十里不如你》，在优酷首播，是第一部严格意义上的"先网后台"超级剧集；《十八岁给我一个姑娘》改编成为《给我一个十八岁》，在优酷独播。如今，春风每年还是十里，但是写书的人和书里的人都已经年近半百，男生着急的已经抱孙子了，女生着急的已经绝经了，更着急的男女已经去另外的世界了。

2019年12月9日晚上，我们过去的十来个同事和彼得·沃克在北京吃饭。彼得是世界级保险业专家，在麦肯锡全职工作了四十六年，时间之长，前无古人，估计也后无来者。他写了一本关于中美关系的书，强调改革开放以来中国取得的成就，强调：2020年之后十年、二十年、三十年，甚至是四十年，人类最重要的关系是中美关系；美国和中国是不同的，但是一样伟大；美国从欧洲体系中产生，看到欧洲体系的大问题，阶层完全固化，平权难于登天，再加上国家地大物博，周边没有任何巨大外患，所以统治制度的设计原则就是小政府、低效政府、个体自由高于一切；中国是百代皆行秦政治，个体微不足道，百来个家族管理一个庞大的疆域和人口，最底层可以通过反抗实现利益洗牌和阶级重塑，不停轮回，没有涅槃。

我一边听，一边想：我有质量的人间生存也就是下一个半百，在地球上，我应该选择在哪个城市多花时间？

想来想去，尽管北京有北京的诸多可恨之处，但我还是想在北京多花时间。

我爱北京，因为有很多事情在北京当下发生。恩恩怨怨、吵吵闹闹、打打停停。这么大的政府，这么庞大的疆域和人口，这么复杂的人性，风雨一炉，满地江湖，停车坐爱，停杯坐忘，"如此星辰非昨夜，为谁风露立中宵"。

我爱北京，因为北京这块地方。北京有分明的四季。冬天冷得爽，空气是脆脆的、扎扎的，刚一出门，冷到头皮一紧、肛门一紧。春天闹得疯，忽然就花开满树、柳絮乱飞，躁得不行，热得不行，风的确很大，风衣也的确没用，从暖到能穿到热得不能穿，就是一周的时间。夏天漫长，但是夏夜很清凉，可以漫长地喝低度凉啤酒，看星星，看姑娘。秋天就美死了，天蓝得、高得比拉萨的还蓝、还高，树叶子红得比花还红，而且这一切超级短，短到如一本好小说的后半部、一瓶好酒的后半瓶、一把好乳的后半生。北京有丰富到诡异的地貌和历史。延庆和怀柔有塞北，颐和园西堤有江南，北大、清华有波士顿，后海有元代码头的尽头和烤肉，天坛有新石器时代，东单三条协和医院有孙中山的病历，东单公园有"竹林七贤"手拉手一起走，三里屯北街有上海，CBD有曼哈顿，南城有张作霖的火车站，紫禁城乾清宫里面有宇宙中心。

我爱北京，因为我最在乎的人几乎都在北京。我生在广渠门外垂杨柳，我姥姥死在广渠门外垂杨柳，我奶奶也死在广渠门外垂杨柳，我现在还住在广渠门外垂杨柳，我和我老妈非常可能也死在广渠门外垂杨柳。皇太极从广渠门打入北京城，清兴；八国联军从广渠门打入北京城，清亡。

我从广渠门往南，往西，往北，往东，再往南，蜿蜒旧时护城河和城墙遗址，跑个一圈，再折回龙潭湖公园里的袁崇焕庙拜一拜，大概是一个全程马拉松。

长跑过程中，我想想自身和人类，有点想不通。

扁兒

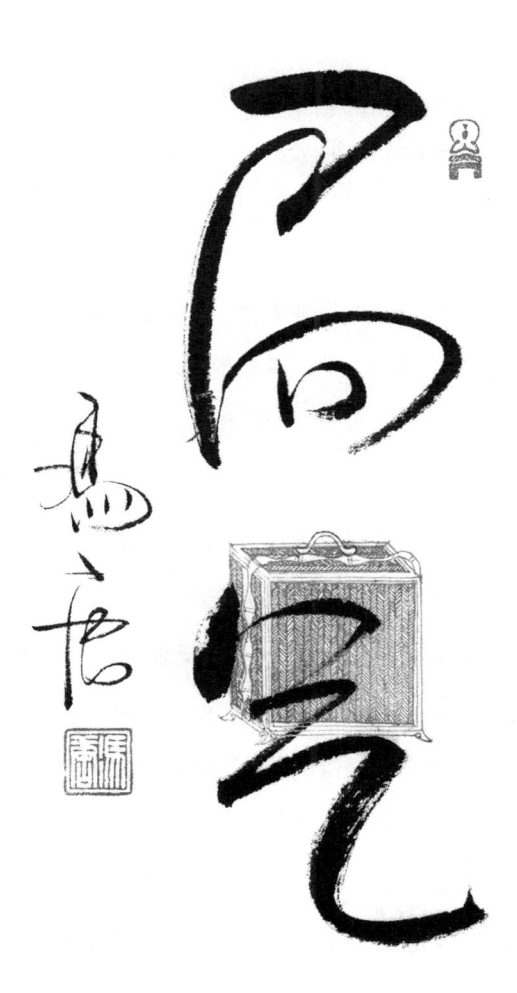

生命中最大的那些小物

我们似乎都不喜欢在原地停留，希望
靠赌挣取从正常渠道挣不到的钱。

我最近投资了一家北京的医院集团，下辖七个院区，有六千张床位，都在三环路和五环路之间。我听说日本的医疗世界第一：人均寿命世界第一，服务质量世界第一。我促成了一个学习团体，十个人（四个院长、三个总部高管、三个投资专家），五天，六晚，五个城市，三个酒店，认真看了日本六家医院、两个公司（日本最大的医院集团总部和一个大型综合商社的总部）、一个工厂（负责医院被服清洗消毒），零分钟集体购物，一路上反复想："为什么日本的医疗能做到世界第一？我们差在哪里？差的根源是什么？我们能做什么？甚至哪些地方我们能做得更好？"得知零时间购物之后，有些团员实在忍不住了，在高速公路休息站附设的便利店血拼，买了很多拌沙拉的调味品。

有一段旅途是从东京坐新干线火车去京都。我从小在北京火车站附近长大，痛知大城市火车站附近的脏乱差，大学毕业之后，就没再坐过火车。噩梦里常常梦到不得不挤上火车逃离，也不知道逃到哪儿去，从噩梦中醒来，想想梦中情节，意识到噩梦和现实没什么区别，所以尽全力能不坐火车就不坐火车。这次在东京，尽管所有知道的人都安慰我说，日本的火车是另一个世界里的火车，我还是不信，还是坚持要提前一个小时到火车站。

当然是我错了，早到了太多。尽管是人如织、车如织、店铺如织，但我没看到任何脏乱差，标志清晰，秩序井然，万物流淌，水波不兴。我也竟然没感到任何因为过度冷酷管理之后的机械，人们萍聚，人们云散，此时此刻，在一个屋檐下，各就各位，彼时彼刻，各奔东西。我想起了团员们在高速公路便利店的购物狂热，和大家说："就此散去，车上再聚。"

儿时阴影太重，我还是不相信人类管理火车站的能力，还是担心不能及时赶到车上，老老实实地提前半小时等在登车口。实在无聊，举目四望，我看到了几个大小类似的贩卖亭，亭前，人停，人选，人买，人走，如水流过汀洲。忽然产生走到近前去看个究竟的冲动：这么多的人口，这么逼仄的空间，这么多年的发展之后，匆匆在路上，这些两平方米见方的贩卖亭还在卖些什么？人类到最后，构成生命幸福的最基本、最底层的小物是什么？

贩卖亭正面的最高一层是香烟，第二层是袋装小吃，再下一层的空隙是收款机，收款机下面一层是糕点、便当、方便面、薯片、餐巾纸、时政报纸和杂志，正面三分之一的面积被一个大冰箱占据，

223

里面有各种非酒精和酒精饮料。贩卖亭的侧面，一边是洗面奶、面膜、护肤霜等个人洗漱用品，电池、充电器、耳机等个人电子用品；另一边是看不懂题目的通俗读物和情色杂志（真人的和动漫的，有一本的封面我认识，是小仓优香）。

据说全世界的共识是，日本对现代世界的三大贡献是寿司、动漫、成人爱情动作片。有史以来都是枯守一井，不想远方，围绕食色烤火，抱团取暖，吃喝玩乐。

据说全世界的共识是，中国对现代世界的三大贡献是麻将、《红楼梦》、中医。我们似乎都不喜欢在原地停留，希望靠赌挣取从正常渠道挣不到的钱，希望红楼不只是一梦（即使是一梦，为什么我不能也做一做？），希望靠彼此扎针、吃动植物的各种部分，以及人类不同场景产生的二便而获得长生。

如今是，日本的寿司、动漫、成人爱情动作片还在日本各地火车站的贩卖亭流转，我们心怀赌性但是已经很久凑不齐一桌人打麻将，《红楼梦》还是没多少人能通读，街上的中医馆很多，但是太多活着的中医大师听起来越来越像灵修大师。

正好没吃早饭，我从贩卖亭买了两盒做成香蕉样的和果子，在车上，一盒分给大家尝尝，另一盒自己就着保温杯里的凤凰单枞吃了。我还买了本小仓优香，找个僻静处看完随手扔了，就不和大家分享了。

书道不二，万物也如此

与其要完美的千人一面，不如保有
自性的、摇曳的、自然的不完美。

"什么是好的书道？"我在东京表参道荒木经惟的工作室里，问了荒木经惟十个问题，其中一个问题就是这个。

"这真是一个好问题啊！我也好想知道答案啊！"荒木经惟穿了个绣花的西装上衣、绣花鞋，坐在我面前，盯着我，两眼放光，评价了这个问题。

文学求真，医疗向善，求真向善多年，我去年突发奇想，反正四季轮回，闲着也是闲着，忙着也是忙着，我想探索一下美的世界，美的标准似乎更是模糊，跨界看看艺术，试试以零基础当个艺术家。

因为我毫无信心，所以我挑了一个似乎和文学最相关的艺术领域：书道。文字是人类最伟大的发明，书道是似乎只有中国人以及被中国人影响的亚洲人才能从骨子里欣赏和被吸引的艺术。我毕竟使用汉字很多年，我毕竟还是个文人，文人字毕竟在书道的历史里一直被推崇。书道可能是离我最近的艺术。

因为我毫无信心，所以我精挑细选了一个和我又远又近的人一起做联展，那个拍过很多成人爱情动作照片的荒木经惟，没想到他听到建议后很爽快地就答应了。我们有很多相同的地方：我们都热爱妇女；书道都不是我们的主业，我们都写一手不传统的字，都不是王羲之、王献之体系中的"好看"；都有生机，都自在，都欢实，都毫无悬念地有特点、被辨识。我们有很多不同的地方：荒木经惟摄影，我写文章；他是日本人，我是中国人；当时他是一个七十八岁的老人，我是一个四十七岁的中年人；他在尘世的毫无顾忌中保持童真，我保持着童真在尘世里尝试不知忌讳。

我听到荒木经惟说他也无法定义好的书道，我脑子高速运转，帮他和我想，好的书道到底是什么样子。

我心目中好的书道是中国古器物上的文字：高古玉（战国至西汉以前）上的寥寥数笔，汉简（《士相见》等），南北朝石刻（特别是以经石峪为代表的北朝佛经），高古瓷（唐、宋、金、元）上的诗句和底款（磁州窑枕头、当阳峪窑盘碗、建窑盏等）。

我心目中好的书道是中国古代文人遭遇不幸或者喝多了之后写的或者刻的字：颜真卿的《祭侄文稿》，蔡襄的《尺牍》，苏东坡的《黄州寒食诗帖》，赵之谦丧妻丧女之后的篆刻（"我欲不悲伤不得已""三十四岁，家破人亡，乃号悲庵"等）。

我心目中好的书道是日本另类和尚平时的字或者多数和尚临

死的遗偈：一休宗纯绝大多数的字（"须弥南畔，谁会我禅。虚堂来也，不直半钱"等），良宽的汉字（"闲庭百花发，余香入此堂"等），白隐的大字（"南无地狱大菩萨"等）。

我心目中好的书道是中国三、四线城市街头那些偶然经眼的温暖的字，"温州城""男性护理""卵巢按摩""娟娟发屋""厕所""停车吃饭""自造枪支是违法的"，还有香港"九龙皇帝"曾灶财的所有涂鸦，等等。

我心目中好的书道是日本现今器物包装上的文字：清酒的酒标（"庭莺""李白""美少年"等），烧酒的酒标（"赤兔马""万年""一辙"等），拉面馆和居酒屋的标志。

我心目中不好的毛笔字比上述好的书道多千万倍：那些千人一面的，那些电脑合成的，那些印刷的，那些心怀鬼胎的，等等。

"您最爱妇女的哪些局部？"我用尽我在麦肯锡十年练就的总结归纳能力不能精准表达上述好的书道的特征，我只能接着问荒木经惟下一个问题。

"所有一切，包括那些不完美、丑陋和甚至已经死去的一切。"荒木经惟指着门口巨大的干花说。

是啊，与其要完美的千人一面、美容仙子、修图妖精，不如保有自性的、摇曳的、自然的不完美。良宽最不喜"书家的字、厨子的菜、诗人的诗"，我同意。不做书奴，做书童，自由自在，自然自信，春日海棠，枝头秋叶。

书道不二，于是荒木经惟和我写了些毛笔字。花开如此，月圆如此，坛城如此，一期一会如此，万事似乎都如此。

就云月习法经蓬

特别会玩，才是人和动物最根本的区别

存心草木、器用之间，亦成学问。

2018年11月底，顶尖酒评团队贝丹德梭的葡萄酒年展在卢浮宫地下举办，来了上百家知名酒庄，有上千种葡萄酒。我站在会场一角，遥望全场，人头攒动，觥筹交错，酒香暗涌。我内心感慨：地球上竟然有葡萄这样一种植物，四百年以来，以欧洲为中心培育、种植、酿酒、销售，然后传到世界各地；四百年以来，核心产区的所有权、位置、气候、土壤、小环境等都被严格记录和广泛研究，精细到村，到田，到地下哪几层土壤，到哪排葡萄，到哪几天的气温和降水；四百年以来，多少葡萄酒从业人员参与了从葡萄到葡萄酒、从田间到餐桌的诸多环节，产生了多少个专家，写了多少本专著，用多少语言和故事来描述这种植物啊；四百年以来，多少人饮用了多少瓶葡萄酒，产生了多少屎尿粪便、忧伤快乐和诗歌小说啊！人类作为万物之灵，在葡萄这个植物上，相较于地球上其他动物，充分展示了他们极其会玩的能力。也许特别会玩，才是人和动物最根本的区别。

我内心感慨：地球上还有另外一种植物或动物，被人类玩成像葡萄酒这样变态的丰富程度吗？

咖啡？或许。但是似乎研究得没葡萄酒这么深。

沉香？或许。但是似乎太过小众，鱼龙混杂。

机缘巧合下，我找到一个物种，历史上曾被人类异常变态地丰富和细化，如今也有潜力与葡萄酒媲美。这个物种是武夷山岩茶。

茶园：武夷山七十平方公里，奇秀甲于东南，是世界自然与文化双重遗产。福建从南北朝时期就是汉文化的大后方，在北宋和南宋时期更是富庶之地。武夷山是典型的丹霞地貌，多崖壁，历代茶农适应当地风土，盆栽式种茶，"岩岩有茶，非岩不茶"，"三坑两涧"更是岩中名岩。

茶人：蔡襄，祖籍福建仙游，长期在福建当官，毛笔字写得好，《宋史》说："襄工于书，为当时第一。"苏东坡在《东坡题跋》中夸："蔡君谟书，天资既高，积学深至，心手相应，变态无穷，遂为本朝第一。"蔡襄在武夷山设立茶园，殚精竭虑，不惜物力和人工，制作北苑贡茶"小龙团"。欧阳修在《归田录》中记载："茶之品，莫贵于龙、凤，谓之团茶，凡八饼重一斤。庆历中，蔡君谟为福建路转运使，始造小片龙茶以进，其品绝精，谓之小团，凡二十饼重一斤，其价直金二两。"小龙团金贵到皇帝自己都舍不得喝，更舍不得送人，极其偶尔送人，都会被稗官野史记录。

茶器：朱熹的九曲山水诗文盏。

朱熹出生在福建尤溪，晚蔡襄百年。历史记载里，他专注于格物致知，"穷天理，明人伦，讲圣言，通世故"，很少和柴米油盐相关，甚至看不起，"兀然存心乎草木、器用之间，此何学问！如此而望有所得，是炊沙而欲成饭也"，他不是严格意义上的茶人。但是朱熹和武夷山相关。1183 年，朱熹五十三岁，回到武夷山，在九曲溪畔隐屏峰脚下创建武夷精舍，一待就是七年。

九曲溪发源于武夷山脉主峰黄岗山，上游流经山深林密、雨量丰沛的武夷山自然保护区，下游流过星村，进入武夷山风景区，绕了九曲十八弯，到武夷宫前汇入崇阳溪，全长约六十公里。而名震遐迩的九曲溪通常指从星村至武夷宫这段，长不过十公里，武夷山风景区的绝大部分风景点就分布在九曲溪两岸。

朱熹在武夷精舍的时候，写了《九曲棹歌》，包括序曲，以及一曲到九曲，一共十首诗：

武夷山上有仙灵，山下寒流曲曲清。
欲识个中奇绝处，棹歌闲听两三声。

一曲溪边上钓船，幔亭峰影蘸晴川。
虹桥一断无消息，万壑千岩锁翠烟。

二曲亭亭玉女峰，插花临水为谁容？
道人不作阳台梦，兴入前山翠几重。

三曲君看架壑船，不知停棹几何年？
桑田海水今如许，泡沫风灯敢自怜。

四曲东西两石岩，岩花垂落碧毵毵。
金鸡叫罢无人见，月满空山水满潭。

五曲山高云气深，长时烟雨暗平林。
林间有客无人识，欸乃声中万古心。

六曲苍屏绕碧湾，茅茨终日掩柴关。
客来倚棹岩花落，猿鸟不惊春意闲。

七曲移舟上碧滩，隐屏仙掌更回看。
却怜昨夜峰头雨，添得飞泉几道寒。

八曲风烟势欲开，鼓楼岩下水萦洄。

莫言此地无佳景，自是游人不上来。

九曲将穷眼豁然，桑麻雨露见平川。
渔郎更觅桃源路，除是人间别有天。

这十首诗没有讲茶或喝茶，但是讲了茶生长的风土，而且这十首诗被悉数写上了茶器，也配了与九曲相应的风景画。

遇林亭窑的窑址位于武夷山星村，和六十多公里外著名的建窑同属建窑系统。相传，北宋末年，战火四起，中原大乱，百姓纷纷向南逃难。有一天北方某窑口烧窑师林某携全家老小逃难路过此地，逢大雨在风雨亭中避雨。在亭中巧遇两位林姓同宗，一为建州水吉窑制陶师傅，一为风雨亭四周山场所有者。三个姓林的聊到此地山形宜造窑，山上松柴、瓷土等原材料充足，且交通便利，如能造窑烧盏，应该能糊口，甚至能挣钱。雨停之后，三人分工合作，说干就干，第一窑试烧便获成功。后来窑场越来越火，生意越来越旺，为纪念三人的偶遇，便将初次相聚的风雨亭命名为"遇林亭"。从此窑因亭名，亦称"遇林亭窑"。

遇林亭窑的大名品是"描金、银彩"的黑釉茶盏。遇林亭窑的黑釉类似建窑主产区，但是胎土的铁质含量少，釉色也少兔毫、油滴、灰背等变化，但是独创"描金、银彩"，在黑釉上描绘山水和文字：吉利话、茶对联、山岩、竹叶、荷花等。遇林亭窑的窑址就在九曲溪之中，遇林亭窑"描金、银彩"黑釉茶盏中最罕见和有名的一类就是九曲山水诗文盏：在黑釉上绘武夷山九曲溪山水，写朱熹的《九曲棹歌》，一盏一曲，一首诗一幅诗境手绘图。九曲棹歌一共十首，这类盏本来也是一套十只。

但是全世界没有一整套武夷山九曲山水诗文盏（存世，已知），完整器也不足十只。

根据香港吴继远先生的研究，香港艺术馆辖下的茶具博物馆藏有四只完整器，分别是序曲、五曲、六曲和八曲；日本有两只宋代传世品，一只为麻生太贺吉氏所藏，是序曲，一只原属于小仓安之氏，现藏于日本根津美术馆，是一曲；国内已知还有两位先生，分别藏了一只序曲和一只五曲；吴继远先生自己购得一只七曲，似乎是传世孤品，未见任何公私收藏或著录。我了解的是，国内还有个别完整的序曲盏和数量稍稍多一点的残盏在不同藏家手里。

我知道，收集一整套宋代九曲山水诗文盏是一项不能完成的任务，但是我畅想在未来能在武夷山九曲溪旁办个展览，将全世界已知存世的宋代九曲山水诗文盏聚在一个屋檐下，隔着千年，望着当下的九曲溪，听着"三坑两涧"的茶树一刻不停地在潜生暗长。

茶盌

天目　粉引　ぐい呑　雨漏

何谓侘寂

> 人类如果要学习美,第一个老师
> 和最后一个老师应该是自然。

我周围有很多朋友喜欢日本,隔三岔五就去日本吃喝玩乐,有的甚至在日本买了房子。樱花季,在京都岚山或是花见小径遇上朋友的概率超过在北京国贸或是三里屯。我自己很晚才去日本,第一次去日本是在 2015 年,去了第一次之后,就想常去,如果想躲两三天清净,日本是首选目的地。

但是,大家为什么喜欢日本?日本之美是什么?似乎没人能简单给我说明白。去过十几次日本了,我试图自己总结。

我先罗列一些我喜欢日本的具体例子。

我喜欢围绕东京皇居[1]的路。皇居城墙环绕,护城河环绕,樱花树环绕,没有商业,没有民宅,没有车辆撵人或者占道,有人散步或者跑步,跑一圈是五公里左右,每隔一小段距离,就有用砖石

---

[1] 日本天皇的居所和办公室,位于东京市中心。

镶嵌的日本某县名和县花。樱花开了的时候，某个黄昏或者凌晨，跑一圈，真是人间最美五公里（本来围绕北京故宫的五公里可以更美，但是……唉）。

我喜欢日本的吃食。寿司，天妇罗，鳗鱼饭，寿喜锅，关东煮，点心，茶果子，都好吃，路边随便一家馆子走进去，都不会太难吃。

我喜欢日本爱情动作片。那些秘密地藏在移动硬盘里的东瀛姑娘啊，她们和我的左手或者右手帮助我躲过了多少情欲之灾啊。我深深地感谢她们。

我喜欢日本的干净。一个干净的地方，生活质量不会太差。我在京都一家小店门口，看到老板娘用力擦洗店门，她擦了很久，我看了很久。

我喜欢日本街头各种店铺招牌上的汉字，几乎都是手写的毛笔字，摇曳生姿，活灵活现。相比之下，电脑生成的美术字，生硬硌眼，了无生趣。

我喜欢日本人的专注。在专注这件事上，日本人有些像植物，岿然不动。"寿司之神"小野二郎九十多岁了还在捏寿司，"天妇罗之神"早乙女哲哉七十多岁了还在炸天妇罗。我去过一家吃牛肉的店，主厨和服务生的平均年龄六十五岁，平均在这个店里工作了四十年。

我喜欢日本人对美的眷恋。我去博物馆看展览，总会遇到三五成群的老姐姐，安安静静，干干净净，整整齐齐，规规矩矩，相约排队看展，过眼即我有，看完展，估计再去一起安安静静喝小酒。

我喜欢日本的安静。在火车车厢里、在飞机机舱里，完全听不到电话或者音频或者视频的声音。

我喜欢日本发明的方便面。从注入热水到开吃的三分钟，我觉得我异常自由而独立。

我喜欢日本发明的能冲洗屁股的马桶。用习惯了这种马桶之后再用不带冲洗屁股功能的马桶，总觉得不干净，擦再仔细，擦再狠，也是屁股上有屎地回到人间。

我尝试进一步总结归纳：什么是这些具体例子呈现的共性？什么是日本之美？想来想去，最合适的总结归纳是一个无正式定义、无系统阐释的一个词：侘寂。似乎没人能清晰准确地表达什么是侘寂，似乎和禅宗核心智慧一样，"知者不言，言者不知"。

千利休喜欢用藤原定家的一首短歌来描述侘寂：

茫茫四顾，

花死，叶亡。

苫屋在这岸边，

独立暮光秋色。

在我看来，柳宗元的诗更好地描述了侘寂：

千山鸟飞绝，

万径人踪灭。

孤舟蓑笠翁，

独钓寒江雪。

如果非要用非诗歌的语言描述侘寂，我选四个词：自然，简素，舒适，接受。自然的东西不会丑，人类如果要学习美，第一个老师和最后一个老师应该是自然。简素的好处是容易专注，不容易过时。舒适的功能性是某种美能被持续使用和欣赏的前提。接受的重点是接受零落残缺，万物皆残，一切必失，无常是常，诸法无我。接受的进阶是欣赏零落残缺之美，觉得"留得枯荷听雨声"比"映日荷花别样红"要美好很多。

侘寂啊侘寂，白茫茫一片大地，"完美是一件多么无聊的事啊"！

不是占有，是暂有

不能期望拥有女王级别的物质财富，
但是能欣赏到女王级别的器物之美，
过眼即我有。

维多利亚与艾尔伯特博物馆（简称 V&A）重新对公众开放，博物馆的团队在重开第一天请我去逛逛。我长期形成的习惯是，到一个城市，做完正经事之后，如果还有一点时间，就去这个城市最好看的博物馆和书店逛逛。我到伦敦有些日子了，我的腿痒了很久。能去 V&A 那里逛逛，我很开心，每次迈腿都似乎在跳舞。

我生而极度内向，不爱见人，尤其是见生人，少年时口吃很久，喜欢听人说话远远多于自己开口说话。过去二十年，因为不爱说话，很多人喜欢问我问题，绝大多数问题都涉及以下三类：这个事怎么做？这个病重不重？这个房子该不该买，如果不该买，应该买什么样的房子？问我第一类问题，是因为我在麦肯锡咨询公司干了十年。问我第二类问题，是因为我在协和医学院念到博士。但是，为什么问我第三类问题呢？问我问题的人说："因为你似乎天生喜欢房子，而且懂如何买房子。"

也可能我前生是软体动物，宅在一个壳里，我的确喜欢在一个好的房子里漫长地待着。因为长期做管理咨询形成的习惯，我也非常善于用简单的话说清楚一件复杂的事。我的确常常思考什么是好房子，给别人关于房子的建议往往也正确。

现在简单总结如下：

如果你能花在房子上的钱非常有限，能给你的建议是：放弃其他一切考量，第一考虑是否离地铁站近。"近"的定义是两公里之内，快走二十分钟可以到。无论风里雨里，无论多远，地铁可以很便宜和可靠地带你往返于城市中心，你可以放心工作，不用担心停车位，不用担心酒驾，不用担心打不到出租车。

如果你能花在房子上的钱足够，给你的建议是：考虑是否离以下三者近：大学、大公园、大使馆。"近"的定义依旧是两公里之内，快走二十分钟可以到。离大学近，有书看，有年轻女生看，有便宜的苍蝇馆子吃。离大公园近，有自然，有跑步、散步径。离大使馆近，有安全保证，哪怕对于外来人口，周围生活配套也不会太不方便。

8月6日在V&A那里逛完之后，我在我选房的三大标准上，又加上一条：离大博物馆近。逻辑如下：离大使馆近，基本安全、方便，这是基础；在此基础上，好大学意味着真，真理和智慧；大公园意味着善，大家一起共享清风明月、花草禽兽；而大博物馆意味着美，古今中外，人类和钱财能创造和收集的美。在两公里之内，同时具备大学、大公园、大使馆、大博物馆四者的房子，可遇不可求，能具备一个就是好，两个就是非常好，三个就是极其好。

以V&A为例，那里集中了维多利亚女王和她老公艾尔伯特一辈子的收藏，以及后世的添加，藏品无数。如今，谁也不能期望能拥有女王级别的物质财富，但是通过这个博物馆，大家都能欣赏到女王级别的器物之美，过眼即我有，"暂得于己，快然自足"。

因为我水平和时间有限，我只仔细看了中国展厅。V&A亚洲部中国馆藏研究员李晓欣老师了解到我最喜高古玉和高古瓷，很细心地找了五件东西考我，让我学习并唠叨。这五件东西是：

西周盘龙玉吊坠。我唠叨："龙是中国美术中最早出现的动物形象之一，也是高古玉中最早的动物形象之一，也是延续时间最长的动物形象之一，从新石器时代直到今天。这件玉盘龙呈咬尾状，类似器型早在新石器时代就已经出现（红山文化、凌家滩文化等），在汉代亦有出现。龙眼呈现'臣'字眼，周身纹饰呈现典型西周风格。"

西汉青玉马头。我唠叨："这是一件伟大的作品。高古玉因为材料和工艺的限制，圆雕（立体雕刻）很少，大件圆雕就更少。这件马头是圆雕高古玉的精品。雕工凌厉，气韵生动，美器倾城。"

宋代定窑酱釉茶盏及盏托。我唠叨："定窑上承邢窑，以白瓷为主，酱釉和黑釉少见，又称'紫定'和'黑定'。茶在宋代开始成为中国人的主流饮料，茶盏等茶具也在宋代开始成为重要实用工艺品。此套茶盏及盏托完整、稀少，从中可以想见一千年前饮茶看云的美好时光。"

宋代汝窑盏托。我唠叨："汝窑在北宋是官窑，长期是皇家用瓷。在中国陶瓷史上素有'汝窑为魁'的说法，存世汝窑器物极少，茶具更少，带字带款的更少。此件带款汝窑茶盏充分体现了伟大的宋代审美：极简，极精致，极优雅，超越语言。"

元代青花瓶。我唠叨："中国的青花瓷始于元代，深受西亚、中亚影响。此器型常为酒器，周身青花描绘《西厢记》的人物故事。想当初，月下开瓶，对花饮酒，遥想人物故事，一切从这瓶酒开始，实在美好。"

清风朗月不用一钱买，看博物馆也接近免费。能常去 V&A 逛逛的人们有福了，多去，多被美到。

人道寄奴曾住

生前名、身后事都是虚幻,但是偶尔
想想,还是会小小地神往。

"千古江山,英雄无觅,孙仲谋处。舞榭歌台,风流总被,雨打风吹去。斜阳草树,寻常巷陌,人道寄奴曾住。想当年,金戈铁马,气吞万里如虎。"

我和老舍先生一样,从小在北京长大,老舍是满族人,我是蒙古族人。我小时候在北京南城广渠门垂杨柳一带晃悠,在东南护城河边溜达,四十五岁搬回北京,垂杨柳已经变成了北京CBD的后花园,护城河已经被修整得不臭了,我一周三次在河边跑步,一次十公里。虽然北京还是被上海来的朋友们嘲笑"土",我说:"虽然土,但是我每周三次在两个世界文化遗产中间跑步,京杭大运河和天坛。北京是世界文化遗产最多的城市,没有之一,可能是历史的尘埃太重,所以土。"

玩笑话归玩笑话，我在北京街头溜达，常常想起辛弃疾这首《永遇乐·京口北固亭怀古》，"人道寄奴曾住"。我常常想，世事如棋，巷陌如棋盘，在北京这种建都七百多年的城市，如果有人沿着四个维度：地点、时间、人物、故事。把人类相关的信息汇总，该是多么好玩的一件事。比如，我到了前门外杨梅竹斜街，看到一栋民国风格的楼，拿出手机一查，立刻显示什么时候、谁在这个楼里住过，谁和谁喝酒，谁爱上了谁，谁又睡了谁。当然，北京现在也有各种文物保护单位，但是总数还是少得可怜，而且侧重建筑而不是人。我每次跑过龙潭湖的袁崇焕庙，暂停，一拜，想想他被凌迟、被剐了三千五百四十三刀，有近万人抢到而生食之；我每次路过西直门和德胜门，想想已经被填平了的太平湖，暂停，一拜，想想老舍在跳湖前二十四小时的心情。

动如脱兔，静如处子。过去二十年，我平均每年飞一百次，自2020年起，我滞留伦敦，我一年一次没飞。想起大约一百年前，老舍先生来伦敦教了五年汉语，写了三部长篇小说。我买了这三部长篇小说，再读，还是常常想笑，常常被他的善良和乐观暖到。在伦敦滞留这一年，我以死宅为主，狂看过去三十年想看却没时间看的书，狂写过去五年想写却没时间写的第七部长篇小说《我爸认识所有的鱼》。我偶尔在伦敦街头晃悠，常常想起他的《二马》，体会哪些变了，哪些没变，常常想笑。

有一次，我在一家西班牙菜路边摊吃饭，餐厅叫 Barrafina，在一个四层楼的一层。吃完饭，出来时，无意中，我抬头一看，四层楼的第一层和第二层是蓝绿色，第三层和第四层是黄色，第三层朝街的墙面上贴了一个圆形的蓝牌子，上面写着："Karl Marx, 1818-1883, lived here 1851-1856."。（卡尔·马克思，1818—1883，曾于1851—1856居于此。）我一惊，马克思我当然知道，我又在餐厅里买了一瓶啤酒，坐在马克思故居的马路牙子上，默默地喝完，压压惊。

后来发现，如果特别留意，这种蓝牌子在伦敦建筑上常常能看到。我上网查了一下，总结基本情况如下：

第一，威廉·尤尔特在1863年首次提出在建筑上贴蓝牌的建议（1963年，建议提出后一百年，在伊顿广场也有了纪念他的一块蓝牌），1867年第一块蓝牌在Holles街二十四号贴上墙，纪念拜伦（这座房子如今已经被拆除了）。

第二，如今，蓝牌的总数在八百左右，绝大多数是纪念人，少数是纪念建筑本身的历史意义或在建筑里发生的历史事件。每年，蓝牌的增量在十到二十个。

第三，被贴蓝牌的标准：行业翘楚；对人类福祉做出重大贡献；值得举国认可；路人皆知。其中，最后一条的执行最不严格，很多蓝牌上的人，绝大多数路人不知道。但是有一条金标准从来没有被打破过：能上蓝牌的人必须已经去世二十年以上或者活到一百岁以上。

老舍先生的外孙女是我原来同事，听说我对伦敦蓝牌感兴趣，告诉我，老舍也有一块，而且是中国人中的第一块，还是印有汉字的第一块。我马上查了一下，果然：诺丁山区圣詹姆士花园街 31 号，"Lao She, 老舍, 1899-1966, Chinese writer, lived here 1925-1928."。（老舍，1899—1966，中国作家，曾于 1925—1928 居于此。）

我打算下周找一天去看看老舍在伦敦的故居，在他的蓝牌下面鞠个躬，买瓶啤酒，坐在他楼下的马路牙子上喝口。

我老妈总扬言要走在我后头，我估计我活不到一百岁，我生前见不到自己的蓝牌了。有人从淘宝定制了一个送我，也是圆的，也是蓝色的："Feng Tang, born 1971, poet, writer, strategist, lives here."。（冯唐，生于 1971 年，诗人、作家、战略专家，居于此。）

其实，我也知道，生前名、身后事都是虚幻，我们都是一粒无意义的尘埃。但是，偶尔想想这些虚幻，还是会小小地神往。

临渊羡鱼不如归而结网，我也争取在之后四年写两部长篇小说。这样，和老舍一样，我在伦敦五年也有三部长篇啦。

破草鞋是个什么鬼

> 她说,她穿这双鞋跑过很多地方,跳过多场广场舞,认真亲过我老爸几次。

就审美而言,纯旁观,日本人有些令我敬佩的"矛盾和统一"。比如,尊重秩序,不给别人添麻烦,但是,在私领域又百无禁忌;比如,崇拜在大尺度时间上形成的秩序,崇拜在历史上留下盛名的人物,但是,又不贬低自己周围还活着的大师,当代大师作品的价格和同品类的古董相差无几;比如,酷爱自然和简素,但是又极度迷恋闷骚到骨子里的绚烂无比却只能短暂拥有的东西。

在天目盏这个细小的领域,也处处体现了这些"矛盾和统一":天目盏源自中国南宋建窑,厚胎,单色,以黑褐色为主流,"盏色贵青黑,玉毫条达者为上",茶汤倒入之后,细细看去,常常想到初雪的月夜、初恋的短发、早稻的水田、早晨的远山;但是,人们又顶礼膜拜流传至今的三只南宋曜变天目盏,灿烂若朝霞,鬼魅如夜樱,玉毫一点也不条达。到如今为止,千年以降,再没有任何一只完整的天目盏被认作曜变,但是现代陶艺家做出的曜变天目盏也卖到了宋代普通兔毫天目盏的价格了。

2019年5月初，我有了一个在三天内看尽世上三只完整南宋曜变天目盏的机会。我雇了个车，在一天之内拜会了两只，上午在野鹿如野狗的奈良国立博物馆见了藤田美术馆收藏那只，下午在深山里的美秀美术馆见了大德寺龙光院收藏那只。加上2018年4月，东京国立博物馆做茶道具展览，我见了静嘉堂文库美术馆收藏那只。至此，世上仅存的三只南宋曜变天目盏，我都目睹过了。

看两只盏的这一天非常烧脑。我一路上细细思量，我觉得我真的知道了为什么南宋曜变天目盏这么少，为什么都在日本，为什么大德寺龙光院的这只和其他两只区别这么大。

那天晚上，我回到京都，在岚山脚下简单吃了一碗荞麦面。脑子里自以为是的答案涉及很多专业知识和见识，我简单归纳如下：

尽管只有三只完整南宋曜变天目盏，运用现代医学研究方法，我认为还是要进一步分类。公认的这三只南宋曜变天目盏，全部是黑釉打底的，形成过程有三种可能：第一种可能，一次烧，温度天成，在上下几摄氏度之内，成品天目盏内外壁都有曜变；第二种可能，第一次烧出是油滴盏，盏内壁加釉，盏外壁不加釉，复烧，试图烧出那时公认的精品（"盏色贵青黑，玉毫条达者为上"），复烧后，内壁有曜变，外壁无曜变，内壁油滴斑普遍有明显烧焦感；第三种可能，拿第一次烧出的普通宋代建盏，试图烧出那时公认的精品("盏色贵青黑，玉毫条达者为上")，不加釉，复烧，温度恰巧合适，没烧成当时公认的精品兔毫，但是内外都有曜变（文献检索，法国最近已经实验成功）。

大德寺龙光院这个曜变盏最少见人，似乎历史上只展出来两次，也最不上相（照片上最普通），但是实物是真美啊，虹彩是连成片的，内壁和外壁上都有，移步换影，气象万千，真是闷骚到了骨子里。

美秀美术馆以大德寺龙光院这只曜变天目盏组织了一个展览，名字叫"国宝曜变天目和破草鞋"。我的注意力全在国宝曜变天目盏上，只记得漫不经心排队、集中心力看这只秘不示人的曜变天目，出来之后才想起来问：为什么叫"国宝曜变天目和破草鞋"？除了国宝曜变天目，我似乎还看到了其他一些僧人日用品，画像啊、茶道具啊、花道具啊、香道具啊、袈裟啊、袈裟环啊，完全没有印象，破草鞋是个什么鬼?!

原来，这只已被列为国宝的曜变天目盏，名字就叫"破草鞋"。

喝荞麦面汤的时候，我想：在某个时候，甚至在很长时间里，在龙光院，破草鞋和曜变天目盏或许都是某个和尚的日常之物，用破草鞋行路，用天目盏吃喝，日常之物，珍爱摩挲，用后放妥，本一不二。后来，曜变天目盏的闷骚无法掩饰，群鬼环伺，曜变天目盏的稀缺无法复制，渐渐成为众人皆知的国宝，破草鞋还是破草鞋，一双坏了，再去找另外一双。再后来，这个和尚觉悟到，如果不考虑其他人的意见，仅仅对于他自己，这只盏和这双草鞋，都是日常之物，都简素、自然，都是天然和人工的结合，都不可或缺，甚至都无法定价，本一不二。就把这只盏叫成破草鞋吧。禅宗语录里不是有"赵州草鞋"的俗语吗？

由此想到我周围热衷收藏的中国人，我极少听他们说到收藏给他们带来的美和触动，几乎无一例外地听他们说到收藏给他们带来怎样的财务回报。我老妈一辈子没学会扔任何东西，她八十多岁了，还留着我八岁时学素描用的绿色帆布画夹。她还有好些鞋堆在屋子里，我问她，为什么不扔掉其中看似非常破的一双布鞋，她说，她穿这双鞋跑过很多地方，跳过多场广场舞，认真亲过我老爸几次，所以，先留一阵再说。

因为这双破布鞋，我觉得我老妈不完全是个俗人。

人间可爱多

今年的诺贝尔文学奖得主又不是我

后半生，没什么理想可以想，只想
活得长一点，得个诺贝尔奖。

我人在伦敦，还沉浸在两个星期前写完第七部长篇小说《我爸认识所有的鱼》的巨大欢喜中。细细想来，迄今为止，再也没有比写完一部长篇小说更让我欢喜的事了，其他好事的欢喜程度在一个数量级之下。

我想想二十年前第一部长篇小说《万物生长》也是在亚特兰大（而不是北京）完成的，我烤了一根油条，热了一碗豆浆，我想，现在的地球还是比二十年前的地球小了很多，二十年前，整个亚特兰大的任何一个清晨也配不齐一根油条和一碗豆浆。伦敦的清晨又下起了雨，我又感受到了写完长篇小说的欢喜，为了让油条配豆浆的清晨更加欢喜，我开了一瓶库克香槟，给自己倒了一杯，细碎的气泡从杯底一串串升起。

油条、豆浆和香槟在口腔里纠缠的过程中，我翻了翻微信朋友圈，好些朋友在谈论诺贝尔文学奖，说格林威治时间 8 日中午就会公布获奖者。我看了看诺贝尔文学奖赔率表，我好几个还活着的朋友都在赔率表上，有两个还在我的微信朋友圈里，我忽然意识到，诺贝尔奖这件事竟然和我有关。

格林威治时间8日清晨之前，我对诺贝尔文学奖一直持"笑看落花"和"不以为然"的态度：瑞典的人口不到北京的一半，斯德哥尔摩的人口不到朝阳区的一半，瑞典文学院的成员数目远远小于常驻北京CBD的"仁波切"数目，多数没在中国生活过的西方文学专家以翻译文本判断汉语的美好，多数历史上诺贝尔文学奖得主的书一年没有一万个地球人阅读。当然，我为所有得奖者开心，毕竟这是个有调性的国际大奖，毕竟有笔奖金，可以不事生产，每天油条、豆浆、香槟，过他几年闲散时光，再写一部长篇小说。

但是在8日的清晨，我忽然意识到，诺贝尔文学奖就在我身边啊，我好几个朋友都是获奖热门人选啊，我也有三部长篇小说和一部短篇小说集被翻译成了法文、英文和意大利文，今年的获奖者马上就要公布了，也可能就是我啊。

我默默把手机从静音调成了有声。听说，诺贝尔文学奖甄选过程严格保密，评委会会电话通知获奖者。但是，评委会知道不知道我的手机号码呢？

油条和豆浆吃完，香槟还剩半瓶，最新消息在微信朋友圈里出现。唉，电话没响起，今年获奖者不是我。恭喜美国女诗人露易丝!

  竟然真有人给我发微信红包,安慰我那颗没得奖的心,红包留言:安慰未来诺奖得主;没事,还有明年;在我心中,您才是获奖者;等等。我算了算,收到的红包钱够买 8 日清晨的油条、豆浆和香槟了。

  我的朋友,中国资深男诗人沈浩波写了一首诗:

只有这一句富有诗意

2020 年 10 月 8 日

美国女诗人获得

诺贝尔文学奖的夜晚

我的朋友圈里很多人

在讨论这件事

但只有一句富有诗意

来自最大的网上书店

当当网的老板

俞渝女士

她一直在等这个结果

现在结果出来了

她发出了一声哀叹

　　"诗歌拉不动销售"

我唱和无题短诗一首：

　　2020 后，后半生，没什么理想可以想

　　只想活得长一点，得个诺贝尔奖

　　没准儿还能得俩，一个医学奖，一个文学奖

　　我今年四十九岁，明年五十岁，我一直隐隐担心，如果人类平均寿命真升到一百岁，我的余生如何度过？我心目中的文字英雄，除了亨利·米勒，五十岁之前，都挂了，五十岁没挂的，都不写了。2020 年 10 月 8 日之后，我知道我该如何度过余生了：继续做事、成事，继续写小说、写诗，每年 10 月 8 日前后，寒露前后，把手机从静音调成有声，等待从瑞典文学院打来的电话响起。

探索自己才会
拥有更多自由

冯唐答采访"如何在 AI 面前保持尊严"

未来社会的好处是,不被控制的人,会拥有更多自由。

我们正在面临的未来,塑造人性的方式和方法将更加巧妙,更加精致和有效,人性面临的危险更大,同时,人性也会获得更多自由。

那么,怎么不被控制,不被淘宝和头条洗脑,怎样赢得自己的自由、回避被捏来捏去的风险,这是个大问题。归根结底,还是要从人的肉身中去找答案,人能够依靠的还是肉体,多锻炼身体,不仅肌肉,还有大脑。

问题的解决,还是要回到人身上,人的本质。当你不做螺丝钉的时候,你能做什么?怎么做?你的潜能、兴趣、欲望、怪癖是什么?你的痒痒肉和敏感点是什么?你的兽性、人性和神性是什么?这需要探索自己,一层层剥离,撕掉皮带出肉。其实,探索自己是件很艰苦的事情。但没有对人性的探索,就没有未来的独立,也就失去了面对 AI 的能力。

"人尽其用",我很看重这个词,身体力行。我觉着,很多人的时间、精力、能力、才华,都消耗在手机上了。如果每个人都人尽其用,把自己的潜能逼迫出来、发挥出来,我们会拥有更美好的明天,跑步进入共产主义。

北京的魅处

> 我想带六箱红酒和一个月的时间,和她
> 好好聊聊,决定来生是否再见。

我就是那个用汉语写色情小说和诗歌的蒙古族人冯唐,贪财、好色、爱酒如命。

我爸是广东人,我妈是蒙古族人,他俩在北京相遇生下我,我妈说啥,我爸听啥,我妈登记我的户口,民族蒙古。

我生在北京,长在北京,二十七岁之前,除了在河南信阳陆军学院军训一年,没有离开过北京。我在三里屯附近的八十中上中学,那时候三里屯还没有酒吧,我和学校里的坏孩子们坐在三里屯南街的马路牙子上喝啤酒,就着初夏说下就下的阵雨,聊着校花。我在故宫和天安门附近的协和医学院学医,被人类的生老病死搞烦了,就拉个女生出协和校门,奔故宫东华门,穿午门,绕西北角楼和东北角楼,再回协和。我的肚子常常很饿,女生和角楼的月色常常很美。

离开北京之前,我没说过一句北京的坏话。这么大一张中国地图，只有一个城市是用一颗红星标着，那就是北京啊。任何两百年以上的东西，在美国都是文物。我从小长大的广渠门外垂杨柳，好几个一百多岁的寡妇，好多棵明末清初栽下的大树。

离开北京之后，我住过亚特兰大、新泽西、纽约、旧金山、香港、伦敦，也去过多次新加坡、东京、巴黎、曼谷、法兰克福，我没说过北京一句好话。我常常想，北京有什么好啊？冬天贼冷，夏天贼热，春天风紧，秋天沙多。城市贼大，马路贼宽，路口贼堵，土特产贼土，吃的贼难吃，人贼杂，口气贼大，似乎每个人都以国为怀，爱好逐鹿中原。

但是，我为什么总是想念北京？

我老妈还住在北京。在她离开地球之前，我想写完关于她的长篇小说。动笔之前，我想带六箱红酒和一个月的时间，和她好好聊聊，决定来生是否再见。

我还有一堆朋友在北京。北京够大，吹牛让人知道不容易，但是躲起来不难。有些老哥已经到了智慧的孤峰顶上，两三个月不见他们，我担心他们被风吹走，以后就再也见不到了。有些老姐已经到了更年期，希望我帮着追忆一下第一次例假是怎么过的。更多的年轻人有了我曾经有过的少年血，我傻过了，该他们傻了，我很好奇，他们会怎么傻呢？

我想吃涮羊肉，我想吃卤煮，我想吃大董，我想吃雪崴。

我想混进北大校园喂喂燕南园的猫。

我想走颐和园的西堤。

我想在后海和北海看西府海棠。

我想去协和医院陪老师上台手术。

我想跑两圈天坛最外圈，闻闻松柏的味道。

我想去龙潭湖祭拜袁崇焕，想想他被凌迟的那些瞬间。

我想去三里屯找个我认识的老板娘喝酒，再找个我认识的老板娘喝酒。

我想看看还有哪个画家村没被拆。

我想在东三环华威桥附近的古玩城再试试眼力。

我想在某个有烧烤的院子里集体"浪"诗，从《诗经》"浪"到昨天新写的短诗。"别看我像个杀猪的，其实我是个写诗的。"

我想在广渠门外垂杨柳某个脆冷的秋天的早晨醒来。

宇宙的尽头是创造

绝大多数文字只是传递了语言的声响，
汉字还传递了语言的形象：星星、鸟
兽、草木、甲骨、山川、指掌。

传说中仓颉造了汉字，现在我用仓颉造的汉字写这篇文章。

传说中仓颉有双瞳、四个眼睛，天生睿德，观察星辰移动、鸟兽留痕、草木摇曳、甲骨炙裂、山川绵延、指掌纹现，象形、拟声、会意、指代、转注、假借，创造了汉字，试图描述时间和空间里存在的一切，古往今来，东西南北，革除当时"结绳记事"之陋，奠定后世文明之基。

传说中仓颉造完汉字版本 1.0 的当天，天雨粟，鬼夜哭。

传说中仓颉是黄帝的史官，资历比司马迁、司马光早了很多。

传说中仓颉也有个自己的部落，执政四十二年，享年七十一岁。

少年时代开始系统接触汉字的时候，我就认定，文字是人类最伟大的发明，没有之一；汉字是人类最美的文字，没有之一，这个判断延续到今天。

后来我学了西医，传说仓颉有四个眼睛，我不相信。如果排除外星人的可能，极大概率事件是传说。如果是四个眼睛，视神经、动眼神经等脑神经不太容易接线。传说仓颉格外敏感，在意星星、鸟兽、草木、甲骨、山川、指掌，在意它们的出现、兴盛、溃败和消亡，我相信。我也喜欢观察类似的一切，也常常想，如果没有文字，没有录音，没有影像记录，如何留下这一切？即使有这些手段，如何有足够大的存储能力来留存这一切？如果没有，哪些是该留下的、能留下的，哪些不是？

关于夏代以及夏代以前的三皇五帝是否存在，关于中华文明是五千年还是四千年，关于红山、良渚、龙山是某种新石器时代文化，绕不开汉字。西方学者定义古代文明有三个关键要素：建造城市，使用金属，出现文字。汉字似乎是在四千年前突然从石头缝里蹦出来的，完整优美，绝世独立。传说是仓颉一个人造的，我不相信，我宁可假设这是个国家工程，类似司马光编撰《资治通鉴》，在当时的帝王授意下，集中了当时最聪明的十来个头脑，埋头苦干了一二十年。汉字里凝集了中国文化的核儿，几千年过去，如今依旧鲜活："天"，人头顶上那片躲不开的东西；"地"，土也；"人"，一边曲背弯腰，一边挺立不倒；"张"，弓被拉得很长；"藏"，戈要刺瞎"臣"字眼，还不躲藏？

当然，后来我也意识到，而且越来越意识到，尽管文字是人类最伟大的发明，但文字还是有根深蒂固的漏洞。禅宗深深意识到文字的局限性，强调"不著一字"、"拈花微笑"、木棒敲头、狮子吼。我看星星、鸟兽、草木、甲骨、山川、指掌，和你看星星、鸟兽、草木、甲骨、山川、指掌，一定有不同的感受。一万个人看"爱"这个汉字，让一万个人各写一百字关于"爱是什么"，会有一万个答案。但是，所有的交流工具都不完美，文字是这些不完美工具中最完美的一个，汉字是所有文字中最完美的一个。绝大多数其他文字只是传递了语言的声响，汉字还传递了语言指向的那些客体的形象：星星、鸟兽、草木、甲骨、山川、指掌。

2019年8月，万宝龙的Vivian找到我，说："万宝龙在其他主要文字中早就有了自己的专属字体，中文一直没有，您能不能创一个中文字体？"

我愣了。

万宝龙的确是我最喜欢的硬笔，没有之一。我用过多种钢笔，包括老友自己手工定制的海南黄花梨壳金笔。灌上墨水之后，我最长、最常使的万宝龙作家系列卡夫卡纪念笔是唯一能想什么时候写就什么时候都能出水的钢笔。后来，我读了万宝龙创始时候的发心："做一支不漏水的钢笔。"

但是，为什么找我创一个中文字体？凭什么是我？"您的字有辨识度，字好看，字有温度，自有温度。冯老师，您真不知道自己的字好看吗？"Vivian 说。

对于自己的字，尽管没自信如我，也还是隐约知道不难看。我在香港岛上星街的某个小馆子吃完饭，在账单上签上自己的名字，老板娘站在我旁边一直唠叨字好看，说得我不好意思了，多给了五十块小费。

我花了两周的闲暇时间，躲进书房，消耗了五瓶白葡萄酒和一瓶威士忌，在万宝龙提供的方格纸上写了近两万个汉字，成品是近八千个独立字符。因为字体要求好认，所以都是接近正楷的，不能连笔，每个字大小类似，笔画同样粗细，像学生一样老实。小学三年级之后，我没这么集中地写过这么多汉字了，恍惚之间，时常感觉自己不是在刻碑造字，而是在被小学语文老师罚抄写课本里最长的一篇课文。或许是写得太专注、太长久，或许是写字姿势不对，也可能就是年纪大了，两周之后，交稿之后，睡醒之后，我忽然觉得左脚外侧麻木，CT 一照，第四节和第五节腰椎之间的椎间盘突出了。

2020 年 3 月 31 日字体正式推出，正式名字定为：万宝龙中文冯唐简体。

人品如西晋，宅居爱北平

当人类开始吹牛，不再仰望星空，向太空进军时，老天没有打雷，而是释放了微生物。

世界不再是平的，地球其实依旧是圆的。人不一定胜天，在自然面前，人类不再是那么万能和全能。当人类开始吹牛，不再仰望星空，向太空进军时，老天没有打雷，而是释放了微生物。

因为病毒，一个一个洞穴重新出现，鸡犬相闻，老死不相往来，地球人不得不重新学习一种忘记了很久的基本功：宅。

一个人如何和自己和谐共处？这是现代地球人不得不回答的问题。

答案只能是——宅。

接下来，现代地球人又不得不回答以下问题：

如何宅？

如何相对舒服地宅？

如何长期地相对舒服地宅？

明代陈继儒有个版本:"凡焚香、试茶、洗砚、鼓琴、校书、候月、听雨、浇花、高卧、勘方、经行、负暄、钓鱼、对画、漱泉、支杖、礼佛、尝酒、晏坐、翻经、看山、临帖、刻竹、喂鹤,右皆一人独享之乐。"

这二十四乐,都是独乐,都可以一个人宅着乐,而且可以乐很久。

在上述二十四独乐的基础上,我新添二十四独宅:凡对雪、"丧"跑、痛饮、手冲、断食、HIIT(高强度间歇训练)、书道、泡澡、枯坐、斗茶、温故、自摸、编著、洗盏、盘玉、网聊、捡书、摆棋、追剧、观星、算账、思史、补觉、回信,上皆一人独得之二十四宅。

这二十四宅,都是独宅,都可以一个人乐着宅,而且可以宅很久。

这四十八个"乐"和"宅",除了喂鹤,我都试过,有效。如果从广义看,我也宅着吸猫,勉强也可以算是喂鹤了吧。在遥远的古代,北京人宅居在山洞里,吃肉,做爱,繁衍,后来被考古学家叫作"山顶洞人"。而今,我把这四十八个"乐"和"宅"在二尺宣纸上一一写出来,挂出来,可以观字,可以游目,可以养心,是谓"宅居在北平"。

做个狠人，不是一天，而是很多年

经历了两次刻骨铭心的无常，我想明白
了的是，没必要费太多心思分析因果。

2009年9月，《智族GQ》简体中文版创刊，我开始写封底公开信专栏。到2019年9月，《智族GQ》简体中文版创刊十年了，我也写了十年，不紧不慢，不赶不停，一月一篇，每月最后一天交稿。十年下来，文章结了两个散文集：《三十六大》《在宇宙间不易被风吹散》。十年下来，中华高速崛起，机会满地，负责催我稿、审我稿的编辑走了五个，创刊总编王锋也走了。五个编辑对我都很好，这十年间，我想写什么就写什么。十年纪念刊，编辑第一次给我命题作文：冯老师能不能写写自己这十年？

对于像我这样话超级多的人，用一篇千字文总结我的十年，真是一个难题。我召唤我在麦肯锡十年练就的归纳能力，试着用十个核心词总结我的十年。

不二。2009年起笔，2011年出版，《不二》是我一个个体写作者对自然和汉语表达极限的一次挑战，在我激素水平下降之前，我想用汉语写本像饮水和吃菜一样纯净的黄书，助力美好的意淫，不涉及解决生理需要的手淫。《不二》出版至今，再版二十几版，十年一直霸占香港畅销榜和机场书店，据说是香港开埠以来卖得最好的小说。

金线。 2012年在《智族GQ》的专栏上，我发表了一篇《大是》，提出了文学金线论："文学的标准的确很难量化，但是文学的确有一条金线，一部作品达到了就是达到了，没达到就是没达到，对于门外人，若隐若现；对于明眼人，一清二楚，洞若观火。文章千古事，得失寸心知。虽然知道这条金线的人不多，但是还没死绝。这条金线和销量没有直接正相关的关系，在某些时代，甚至负相关，这改变不了这条金线存在的事实。君子可以和而不同，我的这些想法，长时间放在肚子里。"《南方都市报》的2012年年度词选了"金线"，"冯唐金线"也成了一个成语，定义如下："网友自造的成语，类似班门弄斧的意思，主要用以文学领域，表示一个文学水平差的人，拿着自己的线到处评论别人的文学水平。"我至今不解的是，在21世纪，为什么这样一个基本常识竟然惹起这么多口水。

飞鸟。 2014年夏天，我有自我意识以来第一次失去人生目的，我租了加州纳帕附近一个荒芜杂乱的院子，翻译泰戈尔的《飞鸟集》。我消磨了一百天、一百瓶红酒，翻译了三百二十六首短诗，却在2015年底，被所有主流中文纸媒骂了一遍。我老妈配合主流媒体吓唬我："你知道不，如果在以前，如果你这样被点名批评，你就被送进监狱了。"有朋友鼓励我："自君翻译，举国震动。人生荣耀，莫过于此。"我至今不解的是，我中英文俱佳，为什么不能翻译《飞鸟集》？有了绿草，大地为什么不能变得挺骚？

春风。2017年夏天，根据《北京，北京》改编的剧集《春风十里不如你》播出。从授权以后到优酷播出之前，我全力忍住自己的控制欲，制作全程完全没有参与。播出之后，我看了一遍片子，感觉和自己那么近又那么远，仿佛看自己的前世。后来我听说，这部片子是第一部真正意义上的网络剧集：先在网上播完，再上电视。后来我还听说，这部片子是优酷历史上运营数字最好的剧集，评价标准包括：付费用户增长、付费金额、在线时长等。

油腻。2017年10月27日，我在我的微信公众号"fengtang 1971"上发了一篇文章《如何避免成为一个油腻的中年猥琐男》，两周之内，微信公众号后台显示阅读量超过五百万。我至今不解的是，我写的一篇自省文章，为什么有那么多人感兴趣？

超简。2012年1月1日，《冯唐诗百首》出版，我创立了超简诗派：用尽可能少的汉字表达最肿胀的诗意。冯唐微博认证也改成了两个字：诗人。我后来听说，从那以后，中国诗歌界就分成两派，一派人数占百分之九十九点九九，认为冯唐的诗完全不是诗，冯唐的人完全不是诗人。

救人。2009年7月,我加入华润集团战略部。2010年,带队做集团第十二个五年规划,建议用2009年的收入数字申请世界财富五百强,排第三百九十五名(2019年,排第八十名)。在做十二五规划时,我们也建议集团进入医疗行业。2011年10月,华润医疗成立,我作为第一任CEO,从零组队,从零开始,做医疗投资和运营。2014年7月,我离开,华润医疗管理医院床位数接近五千,全国第一(2019年,超过两万床,亚洲第一)。我的博士论文研究的是妇科肿瘤发生学,我知道,人都是要死的,但是如果能缓解患者的一点病痛,哪怕一点,都能让自己心里好受一点。所以,哪怕费力费时不讨好,十年来,我还是努力推动医疗变革,直到今天。

书道。2018年4月,我和荒木经惟在距离故宫东北角楼五百米的嵩祝寺与智珠寺办了一个"书道不二"双人展。我七到十岁练了三年颜真卿,之后就完全没再碰过毛笔,再写,完全不是"钟王"体系,我对于我的毛笔字毫无信心。在东京,我问荒木经惟:"有人骂您的毛笔字吗?"荒木说:"骂我的人,其实并不懂。"我从我有限的常识出发,我写毛笔字有辨识度,有人喜欢,有人被打动,有人买,不就够了吗?为什么一定要写得像钟繇或者王羲之?

成事。我用了2018年和2019年两年的春节,借着梁启超编辑的《曾文正公嘉言钞》,融入我十年在麦肯锡修炼的方法论,以及过去二十年在中国埋头做商业管理培养的见识，写了一本《成事》。成功不可期，成事可以学。我的印象里，古今中外，似乎还没有一本书，简单坦诚地讲述如何做成一件事。这本《成事》也算填补了某个小小的空白吧。

无常。2009 年到 2019 年这十年间，我经历了两次刻骨铭心的无常，到现在都没想明白，到底为什么发生了这些。我想明白了的是，所有小概率事件的发生，都有太多个体所不能控制的、看不见的力量参与其中，所以也没必要费太多心思分析因果。嘲笑我无所畏的人类，不知道，我其实只是胆子太小；嘲笑我超级自恋的人类，不知道，我其实只是实事求是（以及不知道，他们所知甚少）。

一埋头狂奔，再抬头看，十年已经过去，人已经年近半百。想起猪八戒吃人参果，无意识中没品到任何滋味，一时，生命已经被某种力量推着，从自己的肉身内外呼啸而过，已经消失，最大可能是化成了屎尿。

莫思身外無窮事，且盡生前有限杯

再让我心动一下

你小时候过分懂事,所以你自己剥夺了你做艺术家的机会。

我近两年才意识到,办个艺术展是个挺麻烦的事,而且要提前很长时间计划和安排。

一个艺术展涉及:艺术家撅着屁股、皓首穷经、离经叛道地创造,艺术家助理把创造出来的花花绿绿、狗狗屁屁、黑黑白白的二维和三维的东西运到策展人团队所在地,策展人再根据展览场地和展览时间的具体情况和赞助商的具体要求确定展览方案,再安排艺术品的装裱和现场的呈现,再安排衍生品和门票销售以及相关利益分配,安装团队负责具体安装,宣传团队制订并执行宣传计划,等等。

我想起来都头痛。

策展人静静对我说:"冯唐 2023 年的展览主题定啦,就叫'万物生长';地点定啦,中国三个大城市;冠名等商务安排也定啦,剩下的就是你写写画画啦。"我说:"停,等一下,咱们做了几个展览啦?"静静说:"大大小小十个啦。"

我数了数,没错,从 2017 年到现在,五年,群展、双人展、快闪展、个展,真是十个左右了。我陷入了深深思考,我是在浪费人力、物力,让地球变得没必要地那么暖和了吗?这种怀疑,类似我在我的纸书卖得越来越好的时候怀疑,我是不是在对不起森林?

深思之后,一个问题:什么是一个好的艺术展?

我用我残破的记忆去回忆我前半生看过的最好的艺术展(广义),我取前三:

第一个:中国北京东单三条九号院西侧解剖室。

不是艺术展,也没有艺术家。

尽管在那之前,我已经不是处男,但我在那里第一次面对全裸的、完全不动的人体,我们四个人面对一具尸体。我和一个女生在他一侧,另一个男生和另一个女生在他另一侧。我知道我们四个人的名字,我不知道躺在我们面前的他的名字。解剖课结束后,中午饭的时候,我们四个,两男和两女,又坐到了一张食堂的桌子边,她们俩各自深深摸着另一个男生的右前臂和左前臂,问我:"你还记得不,这块肌肉的起止点到底是哪儿啊?"死人还是比活人好摸很多啊!

第二个:日本濑户内海某小岛。

我忘记艺术展的名字了,我也忘记艺术家的名字了。

我记得整个场子不大，有个街角的建筑，有人排队，有人维持，我听见遥远的海风，我期待我要看到什么。进去之前，我关上了手机。进去之后，我失去了视觉，一片漆黑。我感到恐惧，我看不到任何东西，包括我自己，我被剥夺了视觉和手机，我不知道我能不能出去，以及从哪里出去。"吓死我了！"我背后一个比我还老的姐姐低声叫喊，然后她伸出双手抱住我后腰，然后我们沉默地走了一阵，然后前方似乎有灯光，一切慢慢亮了起来，她抱我后腰的手在暗中放下了。其实，前方的灯光一直都在，只是绝大多数人没有意识到，如同被剥夺的视觉其实依然在。

第三个：中国北京广渠门外垂杨柳我妈住处。

不是艺术展，艺术家是我妈。我妈请我去她住处喝酒，号称要喝死我，我说："好啊，我死在您手里也算死得其所。"我妈安排我坐在一面墙书架的前面，我前面是餐桌，餐桌上是一瓶酒，酒前面是我妈。"你回头。"我妈说，"架子上是我的一生。"我回头，一架子的零碎，我妈认为重要的一切，包括：我爸的打火机和保温杯、我姐上南京大学之后的气质照、我哥登上过长城的墨镜，还有我妈买给我的绿色帆布素描夹子。我扭回头。我妈说："你喝一口吧，我保证，这不是假酒。你小时候过分懂事，所以你自己剥夺了你做艺术家的机会。当时，我应该劝劝你就好了。"

总结一下：一个艺术展，如果能让一个人放下手机，对着自己，撒泡尿照照,一阵恍惚,拿起手机,美美地、另类地拍张照片,恍惚一阵,不就够了吗?

我如果能做出几个这样的艺术展,我不就是个艺术家了吗?

你说呢?

即使家里有矿，
也要自己养活自己

冯唐答采访"对挣钱难的文学青年有何建议"

　　文艺和工作都是生活，没有雅俗之分。如何是佛？干屎橛。道在吃喝拉撒中，也在工作办事中。我们在生活中，并且，要生活得真实，就不能做雅与俗之类的区分，画出一条线，分出左右，反而是虚幻的，是在想象的空间里。我这几年一直在读帖，书法帖，王羲之的书法写的都是"我有两枚橘子送给你；听说有一种药治耳聋挺好；谢谢你送来的竹杖，很好用"，写的都是家长里短，是生活，一些书法家写的"悠然见南山"才是真俗。

　　不能挣钱的文艺男，不是好文艺男。并不是说要挣多少钱，而是要能承担自己的文艺。文艺其实不便宜，喜欢凡·高、莫奈，不能只看画册，要去欧洲的博物馆看，看到真正的色彩和线条，才会被美感动；退一步，即使画册，也有粗陋和精致之分，精致就需要钱。我的好朋友评论家李敬泽有一句话我很赞同，文艺青年不能待在家里，要走出门踏踏实实地做好一份工作。

　　年轻人总是清贫的，这和从事什么职业没关系。大学毕业，薪水能够养活自己就是胜利，随着工作经验和能力的增长，薪水才会增长。文艺不一定不挣钱，好的文艺，社会需要，市场需要。从事文艺行业，和任何行业一样，年轻人总是清贫。在立志从事文学行业之前，先找个工作养活自己，即使家里有矿，也要自己养活自己。